莎士比亚全集·中文本（典藏版）
William Shakespeare: Complete Works

［英］威廉·莎士比亚（William Shakespeare）著
辜正坤 主编／孟凡君 译

理查三世

The Tragedy of Richard the Third

外语教学与研究出版社
北京

京权图字：01-2016-5028

图书在版编目（CIP）数据

理查三世 ／（英）威廉·莎士比亚（William Shakespeare）著 ；孟凡君译.
北京 ：外语教学与研究出版社，2024．6．——（莎士比亚全集 ／ 辜正坤主编）.
ISBN 978-7-5213-5342-6

Ⅰ. I561.33
中国国家版本馆 CIP 数据核字第 2024KZ2926 号

理查三世
LICHA SAN SHI

出 版 人	王　芳
项目负责	邢印姝　郭芮萱
责任编辑	周渝毅
责任校对	徐　宁
封面设计	张　潇
出版发行	外语教学与研究出版社
社　　址	北京市西三环北路 19 号（100089）
网　　址	https://www.fltrp.com
印　　刷	三河市紫恒印装有限公司
开　　本	710×1000　1/16
印　　张	12.5
字　　数	200 千字
版　　次	2024 年 6 月第 1 版
印　　次	2024 年 6 月第 1 次印刷
书　　号	ISBN 978-7-5213-5342-6
定　　价	68.00 元

如有图书采购需求，图书内容或印刷装订等问题，侵权、盗版书籍等线索，请拨打以下电话或关注官方服务号：
客服电话：400 898 7008
官方服务号：微信搜索并关注公众号"外研社官方服务号"
外研社购书网址：https://fltrp.tmall.com

物料号：353420001

记载人类文明
沟通世界文化
www.fltrp.com

出版说明

　　1623 年，莎士比亚的演员同僚们倾注心血结集出版了历史上第一部《莎士比亚全集》——著名的第一对开本，这是三百多年来许多导演和演员最为钟爱的莎士比亚文本。2007 年，由英国皇家莎士比亚剧团（Royal Shakespeare Company）推出的《莎士比亚全集》，则是对第一对开本首次全面的修订。

　　本套《莎士比亚全集》新汉译本，正是依据当今莎学界最负声望的皇家版《莎士比亚全集》翻译而成。译本的凡例说明如下：

　　一、**文体**：剧文有诗体和散体之分。未及最右行末即转行的为诗体。文字连排、直至最右行末转行的，则为散体。

　　二、**舞台提示**：

　　1）角色的上场与下场及其他舞台提示以仿宋体排出，穿插于剧文中的舞台提示以圆括号进行标注，如：（对亨利王子）。

　　2）舞台提示中的特殊符号。译本所依据的皇家版《莎士比亚全集》的编辑者对舞台提示中的不确定情形以特殊符号予以标注，译本亦保留了这些符号：如（旁白？）表示某行剧文既可作为旁白，亦可当作对话；又如某个舞台活动置于箭头 ↓↓ 之间，表示它可发生在一场戏中的多个不同时刻。

　　三、**脚注**：脚注中除标注有"译者附注"字样的，均译自或改编自皇家版《莎士比亚全集》注释。脚注多为对剧文中背景知识及专名的解释，以使读者更好地理解剧情；亦包含部分与英文原文相关的脚注，以使读者在品味译者的佳文时，亦体验到英文原文的精妙。

　　四、文本：译本以第一对开本为蓝本，部分剧目中四开本与之明显相异的段落亦有译出，附于正文之后，供读者参考。

　　此《莎士比亚全集》新汉译本历经策划、翻译、编辑加工和印装等工序，各个环节的参与者均竭尽全力，力求完美，但由于水平、精力所限，难免有所错漏，敬请广大读者赐教指正。

外语教学与研究出版社

综合出版事业部

莎士比亚诗体重译集序

辜正坤

他非一代骚人，实属万古千秋。

这是英国大作家本·琼森（Ben Jonson）在第一部《莎士比亚全集》（*Mr. William Shakespeares Comedies, Histories, & Tragedies*, 1623）扉页上题诗中的诗行。三百多年来，莎士比亚在全球逐步成为一个家喻户晓的名字，似乎与这句预言在在呼应。但这并非偶然言中，有许多因素可以解释莎士比亚这一巨大的文化现象产生的必然性。最关键的，至少有下面几点。

首先，其作品内容具有惊人的多样性。世界上很难有第二个作家像莎士比亚这样能够驾驭如此广阔的题材。他的作品内容几乎无所不包，称得上英国社会的百科全书。帝王将相、走卒凡夫、才子佳人、恶棍屠夫……一切社会阶层都展现于他的笔底。从海上到陆地，从宫廷到民间，从国际到国内，从灵界到凡尘……笔锋所指，无处不至。悲剧、喜剧、历史剧、传奇剧，叙事诗、抒情诗……都成为他显示天才的文学样式。从哲理的韵味到浪漫的爱情，从盘根错节的叙述到一唱三叹的诗思，波涛汹涌的情怀，妙夺天工的笔触，凡开卷展读者，无不为之拊掌称绝。即使只从莎士比亚使用过的海量英语词汇来看，也令人产生仰之弥高的感觉。德国语言学家马克斯·缪勒（Max Müller）原以为莎士比亚使用过的词汇最多为 15,000 个，事后证明这当然是小看了语言大师的词汇储藏量。美国教授爱德华·霍尔登（Edward Holden）经过一番考察后，认为至少达 24,000 个。可是他哪里知道，这依然是一种低估。有学者甚至声称用电脑检索出莎士比亚用的词汇多达 43,566 个！当然，这些数据还不是莎士比亚作品之所以产生空前影响的关键因素。

其次，但也许是更重要的原因：他的作品具有极高的娱乐性。文学作品的生命力在于它能寓教于乐。莎士比亚的作品不是枯燥的说教，而是能够给予读者或观众极大艺术享受的娱乐性创造物，往往具有明显的煽情效果，有意刺激人的欲望。这种艺术取向当然不是纯粹为了娱乐而娱乐，掩藏在背后的是当时西方人强有力的人本主义精神，即用以人为本的价值观来对抗欧洲上千年来以神为本的宗教价值观。重欲望、重娱乐的人本主义倾向明显对重神灵、重禁欲的神本主义产生了极大的挑战。当然，莎士比亚的人本主义与中国古人所主张的人本主义有很大的区别。要而言之，前者在相当大的程度上肯定了人的本能欲望或原始欲望的正当性，而后者则主要强调以人的仁爱为本规范人类社会秩序的高尚的道德要求。二者都具有娱乐效果，但前者具有纵欲性或开放性娱乐效果，后者则具有节欲性或适度自律性娱乐效果。换句话说，对于 16、17 世纪的西方人来说，莎士比亚的作品暗中契合了试图挣脱过分禁欲的宗教教义的约束而走向个性解放的千百万西方人的娱乐追求，因此，它会取得巨大成功是势所必然的。

第三，时势造英雄。人类其实从来不缺善于煽情的作手或视野宏阔的巨匠，缺的常常是时势和机遇。莎士比亚的时代恰恰是英国文艺复兴思潮达到鼎盛的时代。禁欲千年之久的欧洲社会如堤坝围裹的宏湖，表面上浪静风平，其底层却汹涌着决堤的纵欲性暗流。一旦湖堤洞开，飞涛大浪呼卷而下，浩浩汤汤，汇作长河，而莎士比亚恰好是河面上乘势而起的弄潮儿，其迎合西方人情趣的精湛表演，遂赢得两岸雷鸣般的喝彩声。时势不光涵盖社会发展的总趋势，也牵连着别的因素。比如说，文学或文化理论界、政治意识形态对莎士比亚作品理解、阐释的多样性与莎士比亚作品本身内容的多样性产生相辅相成的效果。"说不尽的莎士比亚"成了西方学术界的口头禅。西方的每一种意识形态理论，尤其是文学理论，要想获得有效性，都势必会将阐释莎士比亚的作品作为试金石。17世纪初的人文主义，18世纪的启蒙主义，19世纪的浪漫主义，20世纪的现实主义或批判现实主义，都不同程度地、选择性地把莎士比亚作品作为阐释其理论特点的例证。也许17世纪的古典主义曾经阻遏过西方人对莎士比亚作品的过度热情，但是19世纪的浪漫主义流派却把莎士比亚作品推崇到无以复加的崇高地位，莎士比亚俨然成了西方文学的神灵。20世纪以来，西方资本主义阵营和社会主义阵营可以说在意识形态的各个方面都互相对立，势同水火，可是在对待莎士比亚的问题上，居然有着惊人的共识与默契。不用说，社会主义阵营的立场与社会主义理论的创始人马克思（Karl Marx）、恩格斯（Friedrich Engels）个人的审美情趣息息相关。马克思一家都是莎士比亚的粉丝；马克思称莎士比亚为"人类最伟大的天才之一，人类文学奥林波斯山上的宙斯"！他号召作家们要更加莎士比亚化。恩格斯甚至指出："单是《快乐的温莎巧妇》[1]的第一幕就比全部德国文学包含着更多的生活气息。"不用说，这些话多多少少有某种程度的文学性夸张，但对莎士比亚的崇高地位来说，却无疑产生了极大的推动作用。

第四，1623年版《莎士比亚全集》奠定莎士比亚崇拜传统。这个版本即眼前译本所依据的皇家版《莎士比亚全集》（*The RSC William Shakespeare: Complete Works*, 2007）的主要内容。该版本产生于莎士比亚去世的第七年。莎士比亚的舞台同仁赫明奇（John Heminge）和康德尔（Henry Condell）整理出版了第一部莎士比亚戏剧集。当时的大学者、大

1　英文剧名为 The Merry Wives of Windsor，朱生豪先生译作《温莎的风流娘儿们》；重译本综合考虑剧情和英文书名，译作《快乐的温莎巧妇》。

作家本·琼森为之题诗，诗中写道："他非一代骚人，实属万古千秋。"这个调子奠定了莎士比亚偶像崇拜的传统。而这个传统一旦形成，后人就难以反抗。英国文学中的莎士比亚偶像崇拜传统已经形成了一种自我完善、自我调整、自我更新的机制。至少近两百年来，莎士比亚的文学成就已被宣传成世界文学的顶峰。

第五，现在署名"莎士比亚"的作品很可能不只是莎士比亚一个人的成果，而是凝聚了当时英国若干戏剧创作精英的团体努力。众多大作家的智慧浓缩在以"莎士比亚"为代号的作品集中，其成就的伟大性自然就获得了解释。当然，这最后一点只是莎士比亚研究界若干学者的研究性推测，远非定论。有的莎士比亚著作爱好者害怕一旦证明莎士比亚不是署名为"莎士比亚"的著作的作者，莎士比亚的著作便失去了价值，这完全是杞人忧天。道理很简单，人们即使证明了《红楼梦》的作者不是曹雪芹，或《三国演义》的作者不是罗贯中，也丝毫不影响这些作品的伟大价值。同理，人们即使证明了《莎士比亚全集》不是莎士比亚一个人创作的，也丝毫不会影响《莎士比亚全集》是世界文学中的伟大作品这个事实，反倒会更有力地证明这个事实，因为集体的智慧远胜于个人。

皇家版《莎士比亚全集》译本翻译总思路

横亘于前的这套新译本，是依据当今莎学界最负声望的皇家版《莎士比亚全集》进行翻译的，而皇家版又正是以本·琼森题过诗的 1623 年版《莎士比亚全集》为主要依据。

这套译本是在考察了中国现有的各种译本后，根据新的历史条件和新的翻译目的打造出来的。其总的翻译思路是本套译本主编会同外语教学与研究出版社的相关领导和责任编辑讨论的结果。总起来说，皇家版《莎

士比亚全集》译本在翻译思路上主要遵循了以下几条:

1. 版本依据。如上所述,本版汉译本译文以英国皇家版《莎士比亚全集》为基本依据。但在翻译过程中,译者亦酌情参阅了其他版本,以增进对原作的理解。

2. 翻译内容包括:内页所含全部文字。例如作品介绍与评论、正文、注释等。

3. 注释处理问题。对于注释的处理:1)翻译时,如果正文译文已经将英文版某注释的基本含义较准确地表达出来了,则该注释即可取消;2)如果正文译文只是部分地将英文版对应注释的基本含义表达出来,则该注释可以视情况部分或全部保留;3)如果注释本身存疑,可以在保留原注的情况下,加入译者的新注。但是所加内容务必有理有据。

4. 翻译风格问题。对于风格的处理:1)在整体风格上,译文应该尽量逼肖原作整体风格,包括以诗体译诗体,以散体译散体;2)在具体的文字传输处理上,通常应该注重汉译本身的文字魅力,增强汉译本的可读性。不宜太白话,不宜太文言;文白用语,宜尽量自然得体。句子不要太绕,注意汉语自身表达的句法结构,尤其是其逻辑表达方式。意义的异化性不等于文字形式本身的异化性,因此要注意用汉语的归化性来传输、保留原作含义的异化性。朱生豪先生的译本语言流畅、可读性强,但可惜不是诗体,有违原作形式。当下译本是要在承传朱先生译本优点的基础上,根据新时代的读者审美趣味,取得新的进展。梁实秋先生等的译本,在达意的准确性上,比朱译有所进步,也是我们应该吸纳的优点。但是梁译文采不足,则须注意避其短。方平先生等的译本,也把莎士比亚翻译往前推进了一步,在进行大规模诗体翻译方面作出了宝贵的尝试,但是离真正的诗体尚有距离。此外,前此的所有译本对于莎士比亚原作的色情类用语都有程度不同的忽略,本套皇家版译本则尽力在此方面还原莎士比亚的本真状态(论述见后文)。其他还有一些译本,亦都应该受到我们的关注，处理原则类推。每种译本都有自己独特的东西。我们希望美的译文是这套译本的突出特点。

5. 借鉴他种汉译本问题。凡是我们曾经参考过的较好的译本，都在适当的地方加以注明，承认前辈译者的功绩。借鉴利用是完全必要的，但是要正大光明，避免暗中抄袭。

6. 具体翻译策略问题特别关键，下文将其单列进行陈述。

莎士比亚作品翻译领域大转折：真正的诗体译本

莎士比亚首先是一个诗人。莎士比亚的作品基本上都以诗体写成。因此，要想尽可能还原本真的莎士比亚，就必须将莎士比亚作品翻译成为诗体而不是散文，这在莎学界已经成为共识。但是紧接而来的问题是：什么叫诗体？或需要什么样的诗体？

按照我们的想法：1）所谓诗体，首先是措辞上的诗味必须尽可能浓郁；2）节奏上的诗味（包括分行）等要予以高度重视；3）结合中国人的审美习惯，剧文可以押韵，也可以不押韵。但不押韵的剧文首先要满足前两个要求。

本全集翻译原计划由笔者一个人来完成。但是，莎士比亚的创作具有惊人的多样性，其作品来源也明显具有莎士比亚时代若干其他作家与作品的痕迹，因此，完全由某一个译者翻译成一种风格，也许难免偏颇，难以和莎士比亚风格的多样性相呼应。所以，集众人的力量来完成大业，应该更加合理，更加具有可操作性。

具体说来，新时代提出了什么要求？简而言之，就是用真正的诗体翻译莎士比亚的诗体剧文。这个任务，是朱生豪先生无法完成的。朱先生说过，他在翻译莎士比亚作品时，"当然预备全部用散文译出，否则将要了我的命"。[1] 显然，朱先生也考虑过用诗体来翻译莎士比亚著作的问题，但是他的结论是：第一，靠单独一个人用诗体翻译《莎士比亚全集》是办不到的，会因此累死；第二，他用散文翻译也是不得已的办法，因为只有这样他才有可能在有生之年完成《莎士比亚全集》的翻译工作。

将《莎士比亚全集》翻译成诗体比翻译成散文体要难得多。难到什么程度呢？和朱生豪先生的翻译进度比较一下就知道了。朱先生翻译得最快的时候，一天可以翻译一万字。[2] 为什么会这么快？朱先生才华过人，这当然是一个因素，但关键因素是：他是用散文翻译的。用真正的诗体就不一样了。以笔者自己的体验，今日照样用散文翻译莎士比亚剧本，最快时也可达到每日一万字。这是因为今日的译者有比以前更完备的注释本和众多的前辈汉译本作参考，至少在理解原著时，要比朱先生当年省力得多，所以翻译速度上最高达到一万字是不难的。但是翻译成诗体就是另外一回事了。这比自己写诗还要难得多。写诗是自己随意发挥，译诗则必须按照别人的意思发挥，等于是戴着镣铐跳舞。笔者自己写诗，诗兴浓时，一天数百行都可以写得出来，但是翻译诗，一天只能是几十行，统计成字数，往往还不到一千字，最多只是朱生豪先生散文翻译速度的十分之一。梁实秋先生翻译《莎士比亚全集》用的也是散文，但是也花了 37 年，如果要翻译成真正的诗体，那么至少得 370 年！由此可见，真正的诗体《莎士比亚全集》汉译本的诞生，有多么艰难。此次笔者约稿的各位译者，都是用诗体翻译，并且都表示花费了大量的时间，

1　见朱生豪大约在 1936 年夏致宋清如信："今天下午，我试译了两页莎士比亚，还算顺利，不过恐怕终于不过是 Poor Stuff 而已。当然预备全部用散文译出，否则将要了我的命。"（《伉俪：朱生豪宋清如诗文选》下卷，中国青年出版社，2013 年，第 94 页）

2　朱生豪："今天因为提起了精神，却很兴奋，晚上译了六千字，今天一共译一万字。"（同上，第 101 页）

皇家版《莎士比亚全集》译本凝聚了诸位译者的多少努力，也就不言而喻了。

翻译诗体分辨：不是分了行就是真正的诗

主张将莎士比亚剧作翻译成诗体成了共识，但是什么才是诗体，却缺乏共识。在白话诗盛行的时代，许多人只是简单地认定分了行的文字就是诗这个概念。分行只是一个初级的现代诗要求，甚至不必是必然要求，因为有些称为诗的文字甚至连分行形式都没有。不过，在莎士比亚作品的翻译上，要让译文具有诗体的特征，首先是必定要分行的，因为莎士比亚原作本身就有严格的分行形式。这个不用多说。但是译文按莎士比亚的方式分了行，只是达到了一个初级的低标准。莎士比亚的剧文读起来像不像诗，还大有讲究。

卞之琳先生对此是颇有体会的。他的译本是分行式诗体，但是他自己也并不认为他译出的莎士比亚剧本就是真正的诗体译本。他说：读者阅读他的译本时，"如果……不感到是诗体，不妨就当散文读，就用散文标准来衡量"。[1] 这是一个诚实的译者说出的诚实话。不过，卞先生很谦虚，他有许多剧文其实读起来还是称得上诗体的。原因是什么？原因是他注意到了笔者上文提到的两点：第一，诗的措辞；第二，诗的节奏。只不过他迫于某些客观原因，并没有自始至终侧重这方面的追求而已。

显然，一些译本翻译了莎士比亚的剧文，在行数上靠近莎士比亚原作，措辞也还流畅。这些是不是就是理想的诗体莎士比亚译本呢？笔者认为，这还不够。什么是诗，对于中国人来说有几千年的历史，我们不

---

1 卞之琳：《莎士比亚悲剧四种》，方志出版社，2007 年，第 4 页。

能脱离这个悠久的传统来讨论这个问题。为此，我们不得不重新提到一些基本概念：什么是诗？什么是诗歌翻译？

诗歌是语言艺术，诗歌翻译也就必须是语言艺术

讨论诗歌翻译必须从讨论诗歌开始。

诗主情。诗言志。诚然。但诗歌首先应该是一种精妙的语言艺术。同理，诗歌的翻译也就不得不首先表现为同类精妙的语言艺术。若译者的语言平庸而无光彩，与原作的语言艺术程度差距太远，那就最多只是原诗含义的注释性文字，算不得真正的诗歌翻译。

那么，何谓诗歌的语言艺术？

无他，修辞造句、音韵格律一整套规矩而已。无规矩不成方圆，无限制难成大师。奥运会上所有的技能比赛，无不按照特定的规矩来显示参赛者高妙的技能。德国诗人歌德（Johann Wolfgang von Goethe）《自然和艺术》（"Natur und Kunst"）一诗最末两行亦彰扬此理：

非限制难见作手，

唯规矩予人自由。[1]

艺术家的"自由"，得心应手之谓也。诗歌既为语言艺术，自然就有一整套相应的语言艺术规则。诗人应用这套规则时，一旦达到得心应手的程度，那就是达到了真正成熟的境界。当然，规矩并非一点都不可打破，但只有能够将规矩使用到随心所欲而不逾矩的程度的人，才真正有资格去创立新规矩，丰富旧规矩。创新是在承传旧规则长处的基础上来进行的，而不是完全推翻旧规则，肆意妄为。事实证明，在语言艺术上

---

1 In der Beschränkung zeigt sich erst der Meister, / Und das Gesetz nur kann uns Freiheit geben. 参见 http://www.business-it.nl/files/7d413a5dca62fc735a072b16fbf050b1-27.php.

凡无视积淀千年的诗歌语言规则，随心所欲地巧立名目、乱行胡来者，永不可能在诗歌语言艺术上取得大的成就，所以歌德认为：

> 若徒有放任习性，
>
> 则永难至境遨游。[1]

　　诗歌语言艺术如此需要规则，如此不可放任不羁，诗歌的翻译自然也同样需要相类似的要求。这个要求就是笔者前面提出的主张：若原诗是精妙的语言艺术，则理论上说来，译诗也应是同类精妙的语言艺术。

　　但是，"同类"绝非"同样"。因为，由于原作和译作使用的语言载体不一样，其各自产生的语言艺术规则和效果也就各有各的特点，大多不可同样复制、照搬。所以译作的最高目标，是尽可能在译入语的语言艺术领域达到程度大致相近的语言艺术效果。这种大致相近的艺术效果程度可叫作"最佳近似度"。它实际上也就是一种翻译标准，只不过针对不同的文类，最佳近似度究竟在哪些因素方面可最佳程度地（并不一定是最大程度地）取得近似效果，不是一成不变的，而是具有高度的灵活性。不同的文类，甚至针对不同的受众，我们都可以设定不同的最佳近似度。这点在拙著《中西诗比较鉴赏与翻译理论》（清华大学出版社，2010 年）的相关章节中有详细的厘定，此不赘。

话与诗的关系：话不是诗

　　古人的口语本来就是白话，与现在的人说的口语是白话一个道理。

---

[1] Vergebens werden ungebundene Geister / Nach der Vollendung reiner Höhe streben.
参 见 http://www.cosmiq.de/qa/show/3454062/Vergebens-werden-ungebundne-Geister-Nach-der-Vollendung-reiner-Hoehe-streben-Was-ist-die-Bedeutung-dieser-2-Verse-Ich-komm-nicht-drauf/t.

正因为白话太俗，不够文雅，古人慢慢将白话进行改进，使它更加规范、更加准确，并且用语更加丰富多彩，于是文言产生。在文言的基础上，还有更文的文字现象，那就是诗歌，于是诗歌产生。所以就诗歌而言，文言味实际上就是一种特殊的诗味。文言有浅近的文言，也有佶屈聱牙的文言。中国传统诗歌绝大多数是浅近的文言，但绝非口语、白话。诗中有话的因素，自不待言，但话的因素往往正是诗试图抑制的成分。

文言和诗歌的产生是低俗的口语进化到高雅、准确层次的标志。文言和诗歌的进一步发展使得语言的艺术性愈益增强。最终，文言和诗歌完成了艺术性语言的结晶化定型。这标志着古代文学和文学语言的伟大进步。《诗经》、楚辞、唐诗、宋词、元明戏曲，以及从先秦、汉、唐、宋、元至明清的散文等，都是中国语言艺术逐步登峰造极的明证。

人们往往忘记：话不是诗，诗是话的升华。话据说至少有**几十万年**的历史，而诗却只有**几千年**的历史。白话通过漫长的岁月才升华成了诗。因此，从理论上说，白话诗不是最好的诗，而只是低层次的、初级的诗。当一行文字写得不像是话时，它也许更像诗。"太阳落下山去了"是话，硬说它是诗，也只是平庸的诗，人人可为。而同样含义的"白日依山尽"不像是话，却是真正的诗，非一般人可为，只有诗人才写得出。它的语言表达方式与一般人的通用白话脱离开来了，实现了与通用语的偏离(deviation from the norm)。这里的通用语指人们天天使用的白话。试想把唐诗宋词译成白话，还有多少诗味剩下来？

谢谢古代先辈们一代又一代、不屈不挠的努力，话终于进化成了诗。

但是，20世纪初一些激进的中国学者鼓荡起一场声势浩大的白话文运动。

客观说来，用白话文来书写、阅读自然科学和人文科学文献，例如哲学、政治学、伦理学、经济学等等文献，这都是**伟大的进步**。这个进步甚至可以上溯到八百多年前朱熹等大学者用白话体文章传输理学思想。对此笔者非常拥护，非常赞成。

但是约一百年前的白话诗运动却未免走向了极端，事实上是一种语言艺术方面的倒退行为。已经高度进化的诗词曲形式被强行要求返祖回归到三千多年前的类似白话的状态，已经高度语言艺术化了的诗被强行要求退化成话。艺术性相对较低的白话反倒成了正统，艺术性较高的诗反倒成了异端。其实，容许口语类白话诗和文言类诗并存，这才是正确的选择。但一些激进学者故意拔高白话地位，在诗歌创作领域搞成白话至上主义，这就走上了极端主义道路。

这个运动影响到诗歌翻译的结果是什么呢？结果是西方所有的大诗人，不论是古代的还是近代的，如荷马（Homer）、但丁（Dante）、莎士比亚、歌德、雨果（Victor Hugo）、普希金（Alexander Pushkin）……都莫名其妙地似乎用同一支笔写出了 20 世纪初才出现的味道几乎相同的白话文汉诗！

将产生这种极端性结果的原因再回推，我们会清楚地明白，当年的某些学者把文学艺术简单雷同于人文社会科学，误解了文学艺术，尤其是诗歌艺术的特殊性质，误以为诗就是话，混淆了诗与话的形式因素。

针对莎士比亚戏剧诗的翻译对策

由上可知，莎士比亚的剧文既然大多是格律诗，无论有韵无韵，它们都是诗，都有格律性。因此在汉译中，我们就有必要显示出它具有格律性，而这种格律性就是诗性。

问题在于，格律性是附着在语言形式上的；语言改变了，附着其上的格律性也就大多会消失。换句话说，格律大多不可复制或模仿，这就正如用钢琴弹不出二胡的效果，用古筝奏不出黑管的效果一样。但是，原作的内在旋律是可以模仿的，只是音色变了。原作的诗性是可以换个形式营造的，这就是利用汉语本身的语言特点营造出大略类似的语言艺术审美效果。

由于换了另外一种语言媒介，原作的语音美设计大多已经不能照搬、复制，甚至模拟了，那么我们就只好断然舍弃掉原作的许多语音美设计，而代之以译入语自身的语言艺术结构产生的语音美艺术设计。当然，原作的某些语音美设计还是可以尝试模拟保留的，但在通常的情况下，大多数的语音美已经不可能传输或复制了。

利用汉语本身的语音审美特点来营造莎士比亚诗歌的汉译语音审美效果，是莎士比亚作品翻译的一个有效途径。机械照搬原作的语音审美模式多半会失败，并且在大多数的场合下也没有必要。

具体说来，这就涉及翻译莎士比亚戏剧作品时该如何处理：1）节奏；2）韵律；3）措辞。笔者主张，在这三个方面，我们都可以适当借鉴利用中国古代词曲体的某些因素。戏剧剧文中的诗行一般都不宜多用单调的律诗和绝句体式。元明戏剧为什么没有采用前此盛行的五言或七言诗行而采用了长短错杂、众体皆备的词曲体？这是一种艺术形式发展的必然。元明曲体由于要更好更灵活地满足抒情、叙事、论理等诸多需要，故借用发展了词的形式，但不是纯粹的词，而是融入了民间语汇。词这种形式涵盖了一言、二言、三言、四言、五言、六言、七言、八言……乃至十多言的长短句式，因此利于表达变化莫测的情、事、理。从这个意义上看，莎士比亚剧文语言单位的参差不齐状态与中文词曲体句式的参差不齐状态正好有某种相互呼应的效果。

也许有人说，莎士比亚的剧文虽然是格律诗，但并不怎么押韵，因此汉诗翻译也就不必押韵。这个说法也有一定道理，但是道理并不充实。

首先，我们应该明白，既然莎士比亚的剧文是诗体，人们读到现今

的散体译文或不押韵的分行译文却难以感受到其应有的诗歌风味，原因
即在于其音乐性太弱。如果人们能够照搬莎士比亚素体诗所惯常用的音
步效果及由此引起的措辞特点，当然更好。但事实上，原作的节奏效果
是印欧语系语言本身的效果，换了一种语言，其效果就大多不能搬用了，
所以我们只好利用汉语本身的优势来创造新的音乐美。这种音乐美很难
说是原作的音乐美，但是它毕竟能够满足一点：即诗体剧文应该具有诗
歌应有的音乐美这个起码要求。而汉译的押韵可以强化这种音乐美。

　　其次，莎士比亚的剧文不押韵是由诸多因素造成的。第一，属于印
欧语系语言的英语在押韵方面存在先天的多音节不规则形式缺陷，导致
押韵词汇范围相对较窄。所以对于英国诗人来说，很苦于押韵难工；莎
士比亚的许多押韵体诗，例如十四行诗，在押韵方面都不很工整。其次，
莎士比亚的剧文虽不押韵，却在节奏方面十分考究，这就弥补了音韵方
面的不足。第三，莎士比亚的剧文几乎绝大多数是诗行，对于剧作者来
说，每部长达两三千行的诗行行都要押韵，这是一个极大的挑战，很难
完成。而一旦改用素体，剧作者便会轻松得多。但是，以上几点对于汉
语译本则不是一个问题。汉语的词汇及语音构成方式决定了它天生就是
一种有利于押韵的艺术性语言。汉语存在大量同韵字，押韵是一件很容
易的事情。汉语的语音音调变化也比莎士比亚使用的英语的音调变化空
间大一倍以上。汉语音调至少有四种（加上轻重变化可达六至八种），而
英语的音调主要局限于轻重语调两种，所以存在于印欧语系文字诗歌中
的频频押韵有时会产生的单调感，在汉语中会在很大程度上由于语调的
多变而得到缓解。故汉语戏剧剧文在押韵方面有很大的潜在优势空间，
实际上元明戏剧剧文频频押韵就是证明。

　　第三，莎士比亚的剧文虽然很多不押韵，但却具极强的节奏感。他
惯用的格律多半是抑扬格五音步（iambic pentameter）诗行。如果我们在
节奏方面难以传达原作的音美，或者可以通过韵律的音美来弥补节奏美

的丧失，这种翻译对策谓之堤内损失堤外补，亦谓失之东隅，收之桑榆。我们的语言在某方面有缺陷，可以通过另一方面的优点来弥补。当然，笔者主张在一定程度上借鉴利用传统词曲的风味，却并不主张使用宋词、元曲式的严谨格律，而只是追求一种过分散文化和过分格律化之间的妥协状态。有韵但是不严格，要适当注意平仄，但不过多追求平仄效果及诗行的整齐与否；不必有太固定的建行形式，只是根据诗歌本身的内容和情绪赋予适当的节奏与韵式。在措辞上则保持与白话有一段距离，但是绝非佶屈聱牙的文言，而是趋近典雅、但普通读者也能读懂的语言。

最后，根据翻译标准多元互补论原理，由于莎士比亚作品在内容、形式及审美效应方面具有多样性，因此，只用一种类乎纯诗体译法来翻译所有的莎士比亚剧文，也是不完美的，因为单一的做法也许无形中堵塞了其他有益的审美趣味通道。因此，这套译本的译风虽然整体上强调诗化、诗味，但是在营造诗味的途径和程度上不是单一的。我们允许诗体译风的灵活性和创新性。多译者译法实际上也是在探索诗体译法的诸多可能性，这为我们将来进一步改进这套译本铺垫了一条较宽的道路。因此，译文从严格押韵、半押韵到不押韵的各个程度，译本都有涉猎。但是，无论是否押韵，其节奏和措辞应该总是富于诗意，这个要求则是统一的。这是我们对皇家版《莎士比亚全集》译本的语言和风格要求。不能说我们能完全达到这个目标，但我们是往这个方向努力的。正是这样的努力，使这套译本与前此译本有很大的差异，在一定的意义上来说，标志着中国莎士比亚著作翻译的一次大转折。

翻译突破：还原莎士比亚作品禁忌区域

另有一个课题是中国学者从前讨论得比较少的禁忌领域，即莎士比亚著作中的性描写现象。

许多西方学者认为，莎士比亚酷爱色情字眼，他的著作渗透着性描写、性暗示。只要有机会，他就总会在字里行间，用上与性相联系的双关语。西方人很早就搜罗莎士比亚著作的此类用语，编纂了莎士比亚淫秽用语词典。这类词典还不止一种。1995年，我又看到弗朗基·鲁宾斯坦（Frankie Rubinstein）等编纂了《莎士比亚性双关语释义词典》（*A Dictionary of Shakespeare's Sexual Puns and Their Significance*），厚达372页。

赤裸裸的性描写或过多的淫秽用语在传统中国文学作品中是受到非议的，尽管有《金瓶梅》这样被判为淫秽作品的文学现象，但是中国传统的主流舆论还是抑制这类作品的。莎士比亚的作品固然不是通常意义上的淫秽作品，但是它的大量实际用语确实有很强的色情味。这个极鲜明的特点恰恰被前此的所有汉译本故意掩盖或在无意中抹杀掉。莎士比亚的所有汉译者，尤其是像朱生豪先生这样的译者，显然不愿意中国读者看到莎士比亚的文笔有非常泼辣的大量使用性相关脏话的特点。这个特点多半都被巧妙地漏译或改译。于是出现一种怪现象，莎士比亚著作中有些大段的篇章变成汉语后，尽管读起来是通顺的，读者对这些话语却往往感到莫名其妙。以《罗密欧与朱丽叶》第一幕第一场前面的30行台词为例，这是凯普莱特家两个仆人山普孙与葛莱古里之间的淫秽对话。但是，读者阅读过去的汉译本时，很难看到他们是在说淫秽的脏话，甚至会认为这些对话只是仆人之间的胡话，没有什么意义。

不过，前此的译本对这类用语和描写的态度也并不完全一样，而是依据年代距离在逐步改变。朱生豪先生的译本对这些东西删除改动得最多，梁实秋先生已经有所保留，但还是有节制。方平先生等的译本保留得更多一些，但仍然持有相当的保留态度。此外，从英语的不同版本看，有的版本注释得明白，有的版本故意模糊，有的版本注释者自己也没有弄懂这些双关语，那就更别说中国译者了。

在这一点上，我们目前使用的皇家版《莎士比亚全集》是做得最好的。

那么，我们该怎样来翻译莎士比亚的这种用语呢？是迫于传统中国道德取向的习惯巧妙地回避，还是尽可能忠实地传达莎士比亚的本真用意？我们认为，前此的译本依据各自所处时代的中国人道德价值的接受状态，采用了相应的翻译对策，出现了某种程度的曲译，这是可以理解的，是特定历史条件下的产物。但是，历史在前进，中国人的道德观已经有了很大的改变，尤其是在性禁忌领域。说实话，无论我们怎样真实地还原莎士比亚著作中的性双关描写，比起当代文学作品中有时无所忌讳的淫秽描写来，莎士比亚还真是有小巫见大巫的感觉。换句话说，目前中国人在这方面的外来道德价值接受状态，已经完全可以接受莎士比亚著作中的性双关用语了。因此，我们的做法是尽可能真实还原莎士比亚性相关用语的现象。在通常的情况下，如果直译不能实现这种现象的传输，我们就采用注释。可以说，在这方面，目前这个版本是所有莎士比亚汉译本中做得最超前的。

译法示例

莎士比亚作品的文字具有多种风格，早期的、中期的和晚期的语言风格有明显区别，悲剧、喜剧、历史剧、十四行诗的语言风格也有区别。甚至同样是悲剧或喜剧，莎士比亚的语言风格往往也会很不相同。比如同样是属于悲剧，《罗密欧与朱丽叶》剧文中就常常有押韵的段落，而大悲剧《李尔王》却很少押韵；同样是喜剧，《威尼斯商人》是格律素体诗，而《快乐的温莎巧妇》却大多是散文体。

与此现象相应，我们的翻译当然也就有多种风格。虽然不完全一一
对应，但我们有意避免将莎士比亚著作翻译成千篇一律的一种文体。从
这个意义上说，皇家版《莎士比亚全集》汉译本在某些方面采用了全新
的译法。这种全新译法不是孤立的一种译法，而是力求展示多种翻译风
格、多种审美尝试。多样化为我们将来精益求精提供了相对更多的选择。
如果现在固定为一种单一的风格，那么将来要想有新的突破，就困难了。
概括说来，我们的多种翻译风格主要包括：1）有韵体诗词曲风味译法；
2）有韵体现代文白融合译法；3）无韵体白话诗译法。下面依次选出若
干相应风格的译例，供读者和有关方面品鉴。

一、有韵体诗词曲风味译法

有韵体诗词曲风味译法注意使用一些传统诗词曲中诗味比较浓郁
的词汇，同时注意遣词不偏僻，节奏比较明快，音韵也比较和谐。但
是，它们并不是严格意义上的传统诗词曲，只是带点诗词曲的风味而已。
例如：

女巫甲	何时我等再相逢？
	闪电雷鸣急雨中？
女巫乙	待到硝烟烽火静，
	沙场成败见雌雄。
女巫丙	残阳犹挂在西空。　　　　　（《麦克白》第一幕第一场）

小丑甲	当时年少爱风流，
	有滋有味有甜头；
	行乐哪管韶华逝，
	天下柔情最销愁。　　　（《哈姆莱特》第五幕第一场）

朱丽叶　天未曙，罗郎，何苦别意匆忙？
　　　　鸟音啼，声声亮，惊骇罗郎心房。
　　　　休听作破晓云雀歌，只是夜莺唱，
　　　　石榴树间，夜夜有它设歌场。
　　　　信我，罗郎，端的只是夜莺轻唱。

罗密欧　不，是云雀报晓，不是莺歌，
　　　　看东方，无情朝阳，暗洒霞光，
　　　　流云万朵，镶嵌银带飘如浪。
　　　　星斗如烛，恰似残灯剩微芒，
　　　　欢乐白昼，悄然驻步雾嶂群岗。
　　　　奈何，我去也则生，留也必亡。

朱丽叶　听我言，天际微芒非破晓霞光，
　　　　只是金乌，吐射流星当空亮，
　　　　似明炬，今夜为郎，朗照边邦，
　　　　何愁它曼托瓦路，漫远悠长。
　　　　且稍待，正无须行色皇皇仓仓。

罗密欧　纵身陷人手，蒙斧钺加诛于刑场；
　　　　只要这勾留遂你愿，我欣然承当。
　　　　让我说，那天际灰朦，非黎明醒眼，
　　　　乃月神眉宇，幽幽映现，淡淡辉光；
　　　　那歌鸣亦非云雀之讴，哪怕它
　　　　嚣然振动于头上空冥，嘹亮高亢。
　　　　我巴不得栖身此地，永不他往。
　　　　来吧，死亡！倘朱丽叶愿遂此望。
　　　　如何，心肝？畅谈吧，趁夜色迷茫。

（《罗密欧与朱丽叶》第三幕第五场）

二、有韵体现代文白融合译法

有韵体现代文白融合译法的特点是：基本押韵，措辞上白话与文言尽量能够水乳交融；充分利用诗歌的现代节奏感，俾便能够念起来朗朗上口。例如：

哈姆莱特 死，还是生？这才是问题根本：

莫道是苦海无涯，但操戈奋进，

终赢得一片清平；或默对逆运，

忍受它箭石交攻，敢问，

两番选择，何为上乘？

死灭，睡也，倘借得长眠

可治心伤，愈千万肉身苦痛痕，

则岂非美境，人所追寻？死，睡也，

睡中或有梦魇生，唉，症结在此；

倘能撒手这碌碌凡尘，长入死梦，

又谁知梦境何形？念及此忧，

不由人踌躇难定：这满腹疑情

竟使人苟延年命，忍对苦难平生。

假如借短刀一柄，即可解脱身心，

谁甘愿受人世的鞭挞与讥评，

强权者的威压，傲慢者的骄横，

失恋的痛楚，法律的耽延，

官吏的暴虐，甚或默受小人

对贤德者肆意拳脚加身？

谁又愿肩负这如许重担，

流汗、呻吟，疲于奔命，

倘非对死后的处境心存疑云，

惧那未经发现的国土从古至今
无孤旅归来，意志的迷惘
使我辈宁愿忍受现世的忧闷，
而不敢飞身投向未知的苦境？
前瞻后顾使我们全成懦夫，
于是，本色天然的决断决行，
罩上了一层思想的惨淡余阴，
只可惜诸多待举的宏图大业，
竟因此如逝水忽然转向而行，
失掉行动的名分。　　　（《哈姆莱特》第三幕第一场）

麦克白　若做了便是了，则快了便是好。
　　　若暗下毒手却能横超果报，
　　　割人首级却赢得绝世功高，
　　　则一击得手便大功告成，
　　　千了百了，那么此际此宵，
　　　身处时间之海的沙滩、岸畔，
　　　何管它来世风险逍遥。但这种事，
　　　现世永远有裁判的公道：
　　　教人杀戮之策者，必受杀戮之报；
　　　给别人下毒者，自有公平正义之手
　　　让下毒者自食盘中毒肴。　　（《麦克白》第一幕第七场）

损神，耗精，愧煞了浪子风流，
都只为纵欲眠花卧柳，
阴谋，好杀，赌假咒，坏事做到头；

心毒手狠，野蛮粗暴，背信弃义不知羞。

才尝得云雨乐，转眼意趣休。

舍命追求，一到手，没来由

便厌腻个透。呀恰，恰像是钓钩，

但吞香饵，管教你六神无主不自由。

求时疯狂，得时也疯狂，

曾有，现有，还想有，要玩总玩不够。

适才是甜头，转瞬成苦头。

求欢同枕前，梦破云雨后。

唉，普天下谁不知这般儿歹症候，

却避不得便往这通阴曹的天堂路儿上走！

（十四行诗第一百二十九首）

三、无韵体白话诗译法

无韵体白话诗译法的特点是：虽然不押韵，但是译文有很明显的和谐节奏，措辞畅达，有诗味，明显不是普通的口语。例如：

贡妮芮　父亲，我爱您非语言所能表达；

胜过自己的眼睛、天地、自由；

超乎世上的财富或珍宝；犹如

德貌双全、康强、荣誉的生命。

子女献爱，父亲见爱，至多如此；

这种爱使言语贫乏，谈吐空虚：

超过这一切的比拟——我爱您。（《李尔王》第一幕第一场）

李尔　国王要跟康沃尔说话，慈爱的父亲

要跟他女儿说话，命令、等候他们服侍。

这话通禀他们了吗？我的气血都飙起来了！
火爆？火爆公爵？去告诉那烈性公爵——
不，还是别急：也许他是真不舒服。
人病了，常会疏忽健康时应尽的
责任。身子受折磨，
逼着头脑跟它受苦，
人就不由自主了。我要忍耐，
不再顺着我过度的轻率任性，
把难受病人偶然的发作，错认是
健康人的行为。我的王权废掉算了！
为什么要他坐在这里？这种行为
使我相信公爵夫妇不来见我
是伎俩。把我的仆人放出来。
去跟公爵夫妇讲，我要跟他们说话，
现在就要。叫他们出来听我说，
不然我要在他们房门前打起鼓来，
不让他们好睡。　　　　　　　（《李尔王》第二幕第二场）

奥瑟罗　　诸位德高望重的大人，
　　　　　我崇敬无比的主子，
　　　　　我带走了这位元老的女儿，
　　　　　这是真的；真的，我和她结了婚，说到底，
　　　　　这就是我最大的罪状，再也没有什么罪名
　　　　　可以加到我头上了。我虽然
　　　　　说话粗鲁，不会花言巧语，
　　　　　但是七年来我用尽了双臂之力，

直到九个月前，我一直
都在战场上拼死拼活，
所以对于这个世界，我只知道
冲锋向前，不敢退缩落后，
也不会用漂亮的字眼来掩饰
不漂亮的行为。不过，如果诸位愿意耐心听听，
我也可以把我没有化装掩盖的全部过程，
一五一十地摆到诸位面前，接受批判：
我绝没有用过什么迷魂汤药、魔法妖术，
还有什么歪门邪道——反正我得到他的女儿，
全用不着这一套。　　　　　（《奥瑟罗》第一幕第三场）

目　录

《理查三世》导言

    莎士比亚的第一组历史剧以 1485 年博斯沃思原野之战中邪恶的理查王被击败而无意外地告终。获胜的里士满伯爵亨利属于兰开斯特家族，他娶了约克家族的伊丽莎白公主为妻，从而将两大贵族联为一体，终结了玫瑰战争。在《理查三世》的最后一幕，斯坦利勋爵，亦即德比伯爵将王冠加诸里士满之首，使之成为亨利七世（Henry VII），开启了都铎王朝。该剧以一篇演说结束，在该演说中，亨利回顾了以往的内乱——这不仅是该剧的主题，也是《亨利六世》（*Henry VI*）系列的主题——展望了未来的黄金时代，而与他的王后同名的伊丽莎白女王（Queen Elizabeth）相信这个黄金时代是由自己来统治的。听了这些台词，莎剧的观众们也会回顾过去、展望未来：回溯英国历史上的那个血腥的时代，并庆幸这个时代因都铎王朝的出现而终结；展望的未来却是不确定的，因女王年事渐高，和平盛世恐难以为继。

    如今历史学家们依然在争辩人们口中邪恶的理查三世本来面目究竟如何，尤其是他是否亲口下令将伦敦塔中囚禁的王子们赶尽杀绝。但可以肯定的是，都铎王室把他描绘成一个暴戾之君是对自己很有利的，这样做便于凸显他的对头、后来的亨利七世是一个英武圣主。托马斯·莫尔[1]爵士以其《理查三世史》(*History of King Richard III*) 成为其中推波助澜的主要人物之一。该著作写于里士满的儿子亨利八世 (Henry VIII) 当政时期。莎士比亚则完成了这一过程,他将作品搬上了亨利八世的小女儿开办的公众剧院的舞台,让理查三世那老谋深算的驼背者形象名垂千古。英国人惯于从弥尔顿 (Milton) 作品中学习神学理论,从莎士比亚作品里学习历史,而不是从权威性著作中获取,这是久为人所诟病的。"注定成为一个恶棍"的理查形象如此深入人心,这足以证明戏剧的传播力量使其比成文的历史更能为人铭记。《理查三世》是妇孺皆知的莎士比亚核心戏剧作品之一,即便从来没有读过的人也听说过该剧。该剧的两个电影版本——先有劳伦斯·奥利弗 (Laurence Olivier) 爵士饰演的版本,后有伊恩·麦凯伦 (Ian McKellen) 爵士饰演的、与20世纪30年代法西斯主义背景结合的精彩版本——大获成功,证明了该剧不朽的生命力。

正如《亨利六世》三联剧一样,该剧言语高妙,辞藻华美。程式化语言和事件对称感相结合——行动引起反应,暴行引来复仇,平步青云之后是命运之轮转动带来的轰然坠落——将该剧置于古罗马悲剧作家塞内加 (Seneca) 的传统之下。塞内加对莎士比亚的影响或许有直接和间接两个方面:直接影响来自16世纪80年代出版的塞内加剧作的英译本;间接影响来自一本题为《治世通鉴》(*Mirror for Magistrates*) 的塞内加式"怨诗"集。该诗集以历史上多个受害者的口吻,控诉了种种不幸与邪恶。这些受害者里就有理查王的哥哥克拉伦斯公爵乔治和爱德华四世的情妇简·肖尔 (Jane Shore)。

塞内加戏剧的对称性在玛格丽特王后这一角色身上表现得登峰造极。

---

1 托马斯·莫尔 (Thomas More,1478—1535),英国政治家、作家,著有《乌托邦》(*Utopia*)。
　　——译者附注

玛格丽特王后是亨利六世的遗孀，在有关玫瑰战争的诸多戏剧中都有着举足轻重的地位。在第一幕第三场，她严词诅咒里弗斯、多塞特、海司丁斯[1]、白金汉和理查本人。她所有的咒骂之语都应验了，她所咒骂之人一一死去，而且他们在将死之时都意识到诅咒的应验。塞内加悲剧通常由一个来自冥界的鬼魂向谋杀自己的凶手复仇作为开端。莎士比亚对此作出了雅致的变更，让鬼魂的出现成为戏剧的高潮，在令理查王覆亡的大战的前夕，鬼魂来到理查王的营帐，对其加以奚落嘲弄。

与《亨利六世》三联剧中几乎每一个人都陷入历史事件的漩涡而不能自拔的情形不同，理查王试图掌控他自己和他的国家的命运。无可置疑的是，该角色是为理查德·伯比奇（Richard Burbage）而设的，在戏剧圈里，他逐渐成为莎士比亚最亲密的朋友。在莎士比亚的戏剧中，《理查三世》开创了一种新的戏剧形式，不同于大多数"团体剧"——《亨利六世》三联剧显然是属于此类——这种新的戏剧形式是"明星剧"[2]。在该剧中，主角的台词量是其他角色的三倍。也可以说，该剧既成就了作者，也造就了剧星。正因如此，在一则言之凿凿的戏剧轶闻中，伯比奇和莎士比亚被赋予了敌对的名字，伯比奇叫"理查三世"，莎士比亚叫"征服者威廉"，他们是一个戏迷妻子床上的对头。

戏剧的作者和主角合力碰撞出的独特想法，就是让剧中的主角看起来就是自己台词脚本的创作者。从该剧开场的独白中，理查就对观众吐露了自己的秘密，同观众分享他在该剧中将承担的角色，以及他将如何展开自己的故事情节，即所谓"一个并不令人爱戴的聪明人如何除掉阻碍者——包括无知的孩童——而登上王位"的故事。他是一个善用表情

1　即 Hastings，亦译黑斯廷斯。——译者附注

2　明星剧（star vehicle）：为主角演员提供丰富表演机会的剧作，突出主演，像是专为主角度身定做。——译者附注

和旁白的高手，以在剧中扮演旧式传统道德剧中的邪恶角色而自得。观众喜欢观看他的表演，正是因为他们深知这只是表演而已。

表演大师往往需要一个搭档谐星。理查的搭档是由白金汉扮演的，他协助理查设计了其在伦敦市长和市民面前的公众形象。在早于此系列的剧目中，亨利六世的祈祷书表示他不想成为国王；而理查的祈祷书则表示他假装不想成为国王，从而让伦敦人祈求他登上王位。他假惺惺地说："你也要迫使我接受这殚精竭虑的重负？"他一副勉强的样子，但是接下来他又小声嘀咕"召回他们吧"，以确保民众再次劝进，他好受之不辞。在整个过程中，他精于做戏，是个完美的演员，而且他向来如此。

对于理查来说有两个主要的转折点。其中之一是他设法除掉他的左膀右臂白金汉。没有了帮衬者，这个小丑式的角色开始洋相百出。另一个转折点出现在冗长的第四幕第四场，就如同古希腊戏剧中的合唱队一般，几个满心悲悼的女人一起出现，直面理查。理查对安妮夫人肆无忌惮的引诱展示出他高超的语言魅力，但现在，他的口舌之利受到了玛格丽特和伊丽莎白两个王后的合力挑战。在《理查三世》的撰写中，如果说其中一个创新是为了凸显戏剧舞台上的某一个重要角色而将原来"团体剧"型历史剧改编成"明星剧"，那么另一个创新则是把传统的阳刚形式阴柔化。在莎士比亚早期的历史剧中，以及在其他人——特别是马洛[1]——的悲剧中，女性所承担的往往是跑龙套式的小角色。而在该剧中，扮演伊丽莎白、玛格丽特和安妮的童伶们戏份更重，其语言之绮丽多姿，是除了扮演理查、白金汉和克拉伦斯这三大主角外的其他成人角色所无法比拟的。从某种象征意义上说，假如理查声称他对权力的迷恋源于他在情爱艺术手段上的缺乏，那么让他栽在女人和男童的手上，是

1　指克里斯托弗·马洛（Christopher Marlowe），伊丽莎白时期剧作家、诗人。——译者附注

再合适不过的。

正是理查的戏剧性自我意识使得这部剧最终超越了《亨利六世》三联剧。在《亨利六世》上篇中，塔尔博特（Talbot）是一位具有丈夫气概的英雄，而贞德（Joan）则是一个带有喜剧色彩且很有趣的反派角色；在《亨利六世》中篇中，有一些激烈的情节（如玛格丽特王后的凶暴恶行），也有一些多样化的舞台设计（如杰克·凯德 [Jack Cade] 和心生不满的公众的呼声）；在《亨利六世》下篇中，约克被刺死之前，人们给他戴上一个纸王冠以尽嘲弄之能事，此处我们见证了一个高度戏剧化的场景。但是，直到格洛斯特的理查开始紧锣密鼓以达其逞之时，我们才会看到一个类似于福斯塔夫（Falstaff）和伊阿戈（Iago）的具有高度戏剧魅力的人物锵锵登场。在《亨利六世》下篇第三幕，理查有一段很长的独白——这一独白的传统形式也被移植到《理查三世》剧中——在独白的高潮处，他宣称他如"能言善辩"的演说家，且"善变颜色，绝对胜过那变色龙"，还"精于变形，普洛透斯甘拜下风"：每一个形象都是表演者的艺术，是他的如簧巧舌和自我转变之力的绝妙表现。

理查还说，他"还能教给凶残的马基雅弗利本领"。在克里斯托弗·马洛的黑色笑剧《马耳他岛的犹太人》（*The Jew of Malta*）中，他让一个类似于文艺复兴时期权谋政治家原型的马基雅弗利（Machiavelli）的代表人物来念开场白。[1] 开场白致辞者一下舞台，犹太人巴拉巴斯（Barabas）便登场朗诵他的开场独白。这样观众便将巴拉巴斯等同于马基雅弗利式的阴谋者。在《理查三世》中，莎士比亚进行了一个更为大胆的设计。他省掉了开场白，代之以理查引人入胜的独白开场："现在……我们寒冬的心境。"马洛通过一个突出的戏剧结构设计，赋予巴拉巴斯马基雅弗利的

1　马洛在《马耳他岛的犹太人》中给念开场白的人取名为"马基唯利"（Machevill），正是变换自马基雅弗利的名字。——译者附注

角色；而在莎士比亚的剧中，理查给自己赋予了这一角色。他宣称，因为驼背，他无法充当舞台上受人热爱的角色，只好主动扮演舞台上的恶人。然而，在第二场中理查证明了他自己实际上是可以扮演爱人这一角色的——在安妮夫人知道是理查杀了她的首任丈夫的前提下，理查依然成功地在安妮夫人公爹的尸体旁获取了她的芳心。按照原先的诺言，他把演说家的角色扮演到了极致。在第三幕中，他像普洛透斯（Proteus）那样变换形象，我们看到，他以一个圣者的形象出现在两个主教之间。演说家的一种技艺就是言不由衷，说出的话与实际想法相反，通过这种手段，理查声称"我不能，也不会"接受王位，这却使得伦敦市长和市民都支持他称王。

理查三世的人物形象是莎士比亚对马洛笔下的"反英雄"形象的改进。马洛剧中的帖木儿（Tamburlaine）、巴拉巴斯和浮士德博士（Dr Faustus）的身份是通过扮演其他角色而得以体现的——分别是上帝之鞭、马基雅弗利和魔术师。他们不会停下来去思考这些角色其实只是苍白的戏剧性模仿。如果他们确实停下来去想了，那么整个马洛式纸牌屋将会轰然倒塌。但是莎士比亚另辟蹊径，他本身就是一个演员，这是马洛所不曾具备的王牌。理查是典型的莎士比亚式人物，有着超凡的戏剧魅力，因为他知道自己是一个角色扮演者。他表演得如痴如醉，也让观众看得如痴如醉。他是莎士比亚的迷人戏剧形象的首个全面体现，这种戏剧形象最终在麦克白（Macbeth）"可怜的演员"和普洛斯彼罗（Prospero）"我们这一些演员"的舞台形象中达到最高潮。《奥瑟罗》（Othello）中的伊阿戈曾说："我并不是表面上看起来的我。"而理查于此情此景中也会这么说。

只有在睡梦中，理查才停止表演。当睡梦开始时，他的身份就会崩塌。因为理查是通过表演打造出了自己的身份，他否认在表演之先尚有自我存在的可能性。他不能忍受类似"我是什么"或"我不是什么"这样自我的语言表述，因为他一直在回归到特定的角色（"恶人"）和行动（谋杀）上。需要回归真实自我的时刻到来之时，像临终忏悔时刻那样，就是自我崩溃的时候。这是一个演员兼剧作家看待人性的方式。最后一次战争的前夜，在理查的睡梦中出现的鬼魂使他认识到，任何行动都是有后果的：谋杀将把他带进"公堂"，他将被宣判"有罪"。戏剧最后对罪行的强调是莎士比亚从实用主义角度对马洛偏离宗教和道德正统所作的修正。理查篡得世俗的王冠之后，被里士满的亨利打败，后者在博斯沃思原野大战前夜曾向基督教的上帝虔诚祈祷："啊，上帝呀，我是你麾下的将官，/请对我的兵马给予惠顾。"天道有常，理查这位贪心者的覆亡成全了都铎王朝的神话，约克家族和兰开斯特家族得以联合，从而建立了一统的新王朝，启动了宗教改革运动，带给这个国家建立帝国荣光的雄心壮志。

参考资料

作者：虽然《亨利六世》三联剧的作者颇有争议，而《理查三世》又与该剧密切相关，但《理查三世》的作者为莎士比亚几乎是毫无疑问的。

剧情：在约克和兰开斯特两大王室家族连年同室操戈之后，约克家族的爱德华四世成了无可争议的国王。他的兄弟格洛斯特公爵理查阴谋铲除所有挡路者以篡位。理查认为他需要一个妻子，于是着手向安妮夫人求婚。安妮是亨利六世后嗣的遗孀。虽然情势对理查极为不利，他还是赢得了她的芳心，之后便将自己的兄长克拉伦斯秘密处决于伦敦塔中，以资庆祝。听到克拉伦斯的死讯，爱德华四世抱病不起，一命呜呼。理查新任护国公之后，以护卫安全以待加冕的理由将爱德华的后嗣们囚禁在伦敦塔。爱德华四世的遗孀伊丽莎白王后不信任理查。理查下令处死她的弟弟里弗斯和她第一次婚姻所生的儿子格雷，证明了这种不信任实属应当。白金汉公爵成为理查的首席高参，他们共同谋划并促成了理查的继位。为答谢白金汉的相助，理查许诺赐予其伯爵封地一块，但当白金汉不想杀死囚禁在伦敦塔中的王子们时，他又拒绝兑现其承诺。理查另找了杀手。因担心自身的安全，白金汉逃去投靠兰开斯特家族的最后一个后裔亨利·都铎，即里士满伯爵，当时伯爵正率兵从法兰西攻打理查。理查在将妻子安妮赐死之后，计划迎娶爱德华四世的女儿（亦名伊丽莎白，该剧中没有出现），以阻止里士满求娶伊丽莎白，并由此巩固其王位；伊丽莎白王后假意答应协助理查。里士满及其追随者们到达英格兰，两支大军在博斯沃思原野际会。在交战前夜，理查在睡梦中饱受被他所害者的鬼魂摧残。第二天，理查战死，里士满宣告即位，是为亨利七世。他宣布将迎娶约克的伊丽莎白为妻，终使两个家族化干戈为玉帛。

主要角色：（列有台词行数百分比／台词段数／上场次数）理查三世／格洛斯特公爵（32%/301/14），白金汉公爵（10%/91/11），伊丽莎白王后（7%/98/6），玛格丽特王后（6%/33/2），克拉伦斯公爵乔治（5%/33/3），安妮夫人（5%/51/3），海司丁斯勋爵（4%/47/8），约克公爵夫人（4%/43/4），里士满伯爵亨利（4%/14/3），斯坦利勋爵，即德比伯爵（3%/32/9），国王爱德华四世（2%/11/1），威廉·凯茨比爵士（2%/31/9），里弗斯伯爵（2%/24/5），威尔士亲王爱德华（1%/19/2），约克公爵理查（1%/21/2）。

语体风格：诗体约占98%，散体约占2%。

创作年代：1592年？1594年？必在《亨利六世》三联剧之后写成，或许作于1592年6月剧院因瘟疫而关闭之前不久。剧中为了颂扬斯坦利勋爵

（德比伯爵）而对史料作出了更改，这一点让许多学者认为该剧是为斯特兰奇勋爵剧团而作。该剧团彼时演出活跃，赞助人就是斯坦利的后人。还有一种说法，该剧或许是莎士比亚在 1592 年为彭布罗克剧团所作，剧本中还包括了对彭布罗克姓氏的简短溢美之词。对照之下，某些学者认为该剧是莎士比亚为宫内大臣剧团所创的首部剧作。该剧团创办于 1594 年夏天瘟疫过后剧院重新开张之时。这一观点的依据或许是该剧很明显是为宫内大臣剧团的当家演员理查德·伯比奇量身打造的。

取材来源：理查作为驼背恶棍的舞台形象主要来源于托马斯·莫尔爵士的《理查三世史》（约 1513 年）。因为莫尔在亨利七世（此人在博斯沃思原野击败了理查）之子亨利八世的宫廷负责文牍撰述，因此他极尽丑化理查之能事。伊利主教毛顿（Morton）是理查的死敌，莫尔从他那里获取了大量关于理查的信息。莫尔的著述并入了都铎王朝的主要编年史中；莎士比亚有可能经由爱德华·霍尔（Edward Hall）的《兰开斯特和约克两大名门望族的联合》（*Union of the Noble and Illustre Famelies of Lancastre and York*，1548 年）而读到了此内容。他可能还参照过霍林谢德（Holinshed）的编年史或其他更多的此类编年体文献。名为《治世通鉴》（1559 年，1563 年增订）的历史诗歌系列似乎影响了莎士比亚对克拉伦斯阴谋案的处理。该剧同另一部无名氏剧作《理查三世的真实悲剧》（*The True Tragedie of Richard the Third*，1594 年 6 月登记出版，印刷质量不佳）有无关联，尚不明朗，后者是一部更为陈旧的剧目，由女王剧团排演，或许由于莎士比亚的剧本大获成功，该剧也乘机出版，捞取好处。

文本：四开本出版于 1597 年，其标题就彰显出该剧的内容：《理查三世的悲剧。包含他以奸诈的阴谋谋害他的兄长克拉伦斯；对他无辜侄子的残忍谋杀；他残暴的篡位；他可耻的一生，以及罪有应得的死亡。近来由陛下之仆从宫内大臣剧团献演》（*The Tragedy of King Richard the third. Containing, His treacherous Plots against his brother Clarence: the pittiefull murther of his innocent nephewes: his tyrannicall vsurpation: with the whole course of his detested life, and most deserued death. As it hath beene lately Acted by the Right honourable the Lord Chamberlaine his seruants*）。1598 年重印时，标题页上出现了莎士比亚的名字（是首批以这种方式署名的印刷版戏剧之一），后又于 1602 年、1605 年、1612 年、1622 年、1629 年和 1634 年多次再版，证明了该剧受欢迎的程度。每一个四开本都是基于上一版本重印而成，里面有一些错讹，偶尔也包含一些编辑校正。1623 年对开本则源自一个独立的手稿，该手稿与传统的四开本有根本的不同，虽然在准备付梓的过程中，也参照了第六四开本和少量第三四开本内容。针对这两个版本的来源和两者之间的关系，学者们争论不休。毫无疑问，两者之间的关系和相对权威性被认定为所有莎士比亚戏剧中最复杂的文本问题。虽然对开本出版的时间要晚很多，但可以看出这是该剧的早期版本。对开本要比四开本长 200 行左右，出现这种差别或许是因为四开本趋向于删节精简而对开本趋向于扩展增益。四开本中只有不足 40 行不见于对开本。字眼的更动则有数百处。对开本文本连贯性更强；四开本中的某些疑难之处归因于演员们的"随意发挥"，但目前许多学者对这一说法表示质疑。虽然对开本有诸多错讹，其中有些源自四开本，一些则是排字工人的失误，但比起四开本来，该版本在打造成可阅读、可表演的文本时所需要的编辑介入工作要少很多。与我们以对开本为基准的原则一致，对开本是绝大多数学术版本以及我们这一版本的原本。

乔纳森·贝特（Jonathan Bate）

理查三世

理查，格洛斯特公爵，后来的**理查三世**

克拉伦斯公爵，理查之兄

白金汉公爵

海司丁斯勋爵，宫内大臣

威廉·**凯茨比爵士**

理查·**拉克立夫爵士**

洛弗尔勋爵

勃莱肯伯雷，伦敦塔卫队长

斯坦利勋爵，**德比伯爵**（有时称德比，有时亦
    称斯坦利，在此剧中用德比作为台词前的人
    物姓名）

爱德华四世，格洛斯特之兄

伊丽莎白王后，爱德华四世之后

爱德华王子，爱德华四世与伊丽莎白之长子

约克公爵，爱德华四世与伊丽莎白之次子

里弗斯勋爵，伊丽莎白之弟

格雷勋爵，伊丽莎白与前夫所生之子

多塞特侯爵，格雷之弟 [1]

托马斯·**伏根爵士**

安妮夫人，威尔士亲王爱德华遗孀，后成为格
    洛斯特公爵夫人

---

1 在前几场中，格雷和多塞特可能被当作同一个人物了。

玛格丽特王后，亨利六世遗孀

约克公爵夫人，格洛斯特、克拉伦斯、爱德华四世之母

男孩
女孩 } 克拉伦斯之子女

里士满伯爵，后来的亨利七世

牛津伯爵

詹姆斯·勃伦特爵士

沃尔特·赫伯特爵士

威廉·勃兰顿爵士

诺福克公爵

萨里伯爵

红衣主教，坎特伯雷大主教

约克大主教

伊利主教

克里斯托弗爵士，神父

约翰爵士，神父

伦敦市长大人

三市民

詹姆斯·提瑞尔

二杀手

众信差

守卫

从吏

侍童

亨利六世鬼魂

亨利六世之子爱德华鬼魂

二主教、兵士、执戟武士、绅士、贵族、市民、侍从数人

第一幕

第一场 / 第一景

伦敦塔附近

格洛斯特公爵理查独自上

理查　　　现在，约克之子¹把我们
　　　　　寒冬的心境变得夏日融融了。
　　　　　现在，密布在我们家族之上的阴云
　　　　　都已埋藏在大海深处。
　　　　　现在，我们的头上戴着胜利的花环，
　　　　　我们创痕斑斑的甲戈已高挂留念，
　　　　　我们尖厉的警号变作了盈盈暄语，
　　　　　我们可怕的冲杀化为了欢快的舞步。
　　　　　面色狰狞的战争已舒展开额头的皱纹，
　　　　　现在，无须跨上披甲的战马
　　　　　去惊吓胆怯的敌人，
　　　　　而在贵妇人的闺房中
　　　　　琴韵悠扬，翩然起舞了。
　　　　　而我，既不适于鱼水之欢，
　　　　　也不适于顾镜自怜。
　　　　　我，举止粗鲁，不修边幅，

1 约克之子，指爱德华四世，其父为约克公爵理查（Richard Duke of York）。在原文中 son of York（约克之子）与 sun of York（约克的太阳）谐音，而太阳正是约克家族的象征。

难以俘获佳丽的芳心；
堪叹造化弄人，
在正常临产之前就让我投生世上，
非但没有匀称之体，
反而残缺不全，奇形怪状，
步履蹒跚，举止乖异，
纵然踱到狗的身边，
也会令其猖猖狂吠——
唉！乐音萎靡的和平时代，
我只能惨淡度日，怅然无趣，
除非看看我日下的身影，
咏叹我自身的残躯。
因此，我既然不能惹人爱恋
以打发卿卿我我的日子，
我就注定成为一个恶棍，
憎恶那些闲适的时光。
我已初步设圈套，布危局，
凭借醉鬼的胡言、诽谤和梦呓，
使我的兄长克拉伦斯和国王
彼此间生出切齿之恨。
如果爱德华国王公正圣明，
恰如我虚伪奸诈，
那么，克拉伦斯今日必将锒铛入狱，
起因是一个预言：
弑君者，爱德华后裔之 G[1] 也。

1　克拉伦斯的名字叫乔治（George），但是理查才是真正的弑君者，他的爵号是格洛斯特公爵。

让这些想法潜入我心灵吧。克拉伦斯来了。——

克拉伦斯由卫兵监视与勃莱肯伯雷上

仁兄你好。卫兵戒备相从，是何缘故？

克拉伦斯 陛下关心我的

人身安全，特指派卫队

护送我到伦敦塔去。

理查 因何缘故？

克拉伦斯 因为我的名字叫乔治。

理查 啊呀，我的阁下，这不是你的过错呀。

他应该为此囚禁给你起名的教父。

啊，也许陛下有意让你

在伦敦塔中重新接受洗礼罢了。

究竟为了何事，克拉伦斯，我可以知道吗？

克拉伦斯 是的，理查，如果我知道会告诉你，但我现在

还不清楚。但是，就我所知，

他听了一些预言和梦呓，

从字母序列中挑出了 G，

说巫师告诉他，有个名中带 G 的人

将篡夺他后嗣的继承权。

因为我的名字乔治以 G 开头，

陛下便想到篡位者是我。

就我所知，诸如此类的这些儿戏，

却让君上把我判罪收监。

理查 啊，当男人受制于女人时就会如此，

送你去伦敦塔的不是国王，

　　　　　　　　而是他的妻子格雷夫人 [1]，克拉伦斯，

　　　　　　　　是她怂恿国王，行此惨绝人寰之事。

　　　　　　　　促使国王把海司丁斯勋爵囚禁于伦敦塔，

　　　　　　　　直到近日才得以开释的，

　　　　　　　　不正是她和她那位显赫的

　　　　　　　　兄弟安东尼·伍德维尔吗？

　　　　　　　　我们岌岌可危，克拉伦斯，我们都岌岌可危。

克拉伦斯　　　天日可鉴，除了王后的亲族，

　　　　　　　　除了在国王和肖尔夫人 [2] 之间

　　　　　　　　连夜奔走的信使，此处人人自危。

　　　　　　　　难道你没有听过，海司丁斯勋爵在她的面前

　　　　　　　　如何卑身乞求，方得以被释？

理查　　　　正是向这位娘娘谦恭恳求，

　　　　　　　　宫内大臣方重获自由。

　　　　　　　　我还要告诉你：这是我们的出路，

　　　　　　　　如果我们赢得国王的宠幸，

　　　　　　　　就要委身于她，与她交接 [3]。

　　　　　　　　自从我们的王兄授其贵妇封号，

　　　　　　　　肖尔夫人，还有王后那个守寡的破鞋、醋坛子，

1　格雷夫人是伊丽莎白嫁给爱德华四世之前的称号（她的第一任丈夫是约翰·格雷爵士 [Sir John Grey]，后战死。因此下文中多处称其为寡妇——译者附注）。理查称呼她格雷夫人是为了表示蔑视之意。

2　肖尔夫人为伦敦一金匠的妻子，爱德华四世的情人，她后来成了海司丁斯的情人。夫人（Mistress）是对女性的通用称呼。此处或暗指其为国王"情人"甚或"女主人"的身份。

3　原文为 wear her livery，直译为"穿上她的仆人标志服"，但英语中还有"与她交媾"之意，故此处意译为"与其交接"，既有"投靠勾结"之意，也有"苟合通奸"之意。——译者附注

就成了王国内谈之色变的恶口毒妇。

勃莱肯伯雷　　恕我冒昧，我要恳求两位大人。

陛下严旨，

无论何人，怎样身份，

都不得与令兄私谈。

理查　　尽管如此，如果你愿意，勃莱肯伯雷，

不管我们谈什么，你都可以加入。

我们不谈忤逆之辞，老兄；我们只说国王

圣明德馨，高贵的王后已臻盛年，

风姿绰约，雍容大度。

我们说肖尔的妻子莲足生辉，

红唇啜香，明眸善睐，巧舌生花，

我们还说王后的族人一个个变得宽仁慈爱。

你怎么说，先生？所有这些你能否认吗？

勃莱肯伯雷　　大人，所有这些都与我不相干。

理查　　肖尔夫人也与你不相干吗？我告诉你，伙计，

除一人之外，谁想与她相干，

最好私下里单独地干。

勃莱肯伯雷　　除了哪一个，大人？

理查　　她的丈夫呀，蠢货。你想去告发我吗？

勃莱肯伯雷　　真的再一次请您见谅，

求您不要跟这位高贵的公爵交谈。

克拉伦斯　　我们知道这是你的职责，勃莱肯伯雷，我们遵命便是。

理查　　我们对王后亲而未附，必须服从。——

再会吧，兄长。我要去觐见国王，

不管你让我做什么事，

哪怕把爱德华的寡妇王后以"嫂"呼之，

	我也乐而为之，以便你能获释。
	同时，兄弟间的这种奇耻大辱
	对我的触动之大，远超你所想象。（拥抱克拉伦斯）
克拉伦斯	我知道，此事令你我两人郁郁寡欢。
理查	我说，你因禁的时间不会很长。
	我会搭救于你，否则替你坐牢。
	你要少安毋躁。
克拉伦斯	只好如此。再会。 勃莱肯伯雷与卫兵引克拉伦斯下
理查	去，踏上那条不归路吧。
	质朴的克拉伦斯，我钟爱于你，
	因此我将很快把你的灵魂超度天国，
	如果上天愿意从我们手中接受这份礼物。
	谁来了？是刚刚获释的海司丁斯吗？

海司丁斯勋爵上

海司丁斯	尊贵的大人，你好吗？
理查	善良的宫内大臣，你好。
	欢迎你重见天日，
	阁下是如何忍受牢狱之灾的？
海司丁斯	靠忍耐，尊贵的大人，一个因犯必须如此。
	但是，大人哪，我想活着出来，
	向使我入狱的那些人致谢。
理查	这是无疑的，无疑的。克拉伦斯也应如此，
	因为你的仇敌就是他的仇敌，
	他们怎么对待你，就怎么对待他。
海司丁斯	更为可恨的是，鹰隼身陷牢笼，
	而鸟雀却自在逍遥。
理查	世上有何传闻？

海司丁斯	世上无甚传闻，内廷倒有凶讯：
	国王病体羸弱，郁郁寡欢，
	太医们忧心忡忡。
理查	天哪，这个消息确实是够坏的。
	好久以来，他纵欲无度，
	御体亏耗。
	思之可悲。
	他在哪里，卧病在床吗？
海司丁斯	是的。
理查	你先走，我随后就到。 　　　　海司丁斯下
	我希望他死去，但是，在乔治被送上西天之前，
	他必须活着。
	我将用言之凿凿的谎言
	让他更加痛恨克拉伦斯。
	而且，只要我深谋远虑，万无一失，
	克拉伦斯就必死无疑；
	果若如此，愿上帝慈悲，了结爱德华国王的性命，
	把世界留给我忙碌料理吧。
	到那时，我将迎娶沃里克的小女 [1] 为妻。
	纵然我杀其丈夫 [2]，戕其公爹 [3]，又有何妨？
	补偿这个小尤物的最简便方式，
	就是当她的丈夫，当她的公爹。

1　即安妮·内维尔（Anne Neville）夫人。沃里克伯爵倒戈之后死于跟约克家族的争战。
2　安妮·内维尔虽然在爱德华王子（Prince Edward，亨利六世之子）死前已与其订婚，实际并未嫁给他。
3　指亨利六世。

我如此行事，并非全是为了爱，
因为我还有另一个密谋，
靠迎娶她之后达成。
然而此时说破为时尚早。
克拉伦斯尚在残喘，爱德华王气依然。
等到他们一命呜呼，须由我收拾江山。 （下

第二场 / 景同前

伦敦一街道

众侍从执戟护卫亨利六世尸体上，安妮夫人送殡致哀

安妮   放下，放下你们荣耀的负载——
            如果荣耀可以收殓于灵柩——
            让我向这位未得善终的
            兰开斯特贤王举哀致祭。（他们放下棺木）
            可怜的圣君，您僵冷的遗体，
            已让兰开斯特家族的尊荣惨淡成灰，
            皇家的血统，已化作血色全无的尸骸，
            就让可怜的安妮为你招魂，
            请听我痛声一哭。
            重创你和戕害你儿子爱德华的，是同一凶手，
            而我，却是爱德华的妻子。
            看，我无助的眼泪，注入了

令你殒命的创口，

啊，我诅咒那只洞穿你的手，

我诅咒那颗蓄意为恶的心，

我诅咒那令你喋血的血腥之徒！

可憎的凶手致你死命，令我等痛不欲生，

我愿将恶报加诸彼身，

我希望他的下场，要比狼、蜘蛛、蟾蜍，

以及任何有毒的爬虫还要悲惨。

如果他有孩子，就让孩子变为怪胎吧，

令其畸形，令其早产，

令其丑陋变态的形体，

让其母一见之下，绝望失色，

并让他的不幸代代承传。

如果他有妻子，

就让其妻因他的死而痛不欲生，

远胜于遭受丧亲之痛的我。——

来吧，抬起神圣的负荷向彻特西¹进发吧，

从圣约翰教堂出发，葬于彼处。（他们抬起棺木）

棺木沉重，无论何时尔等劳累不堪，

就休息一下，让我向亨利王的遗体致哀。

格洛斯特公爵理查上

理查　　　且慢，你们这帮抬尸的，放下。

安妮　　　你是哪个邪恶的魔术师招来的妖孽，

　　　　　　胆敢阻拦这神圣的葬礼？

理查　　　混蛋们，放下尸体，否则，我以圣约翰的名义起誓，

1　彻特西（Chertsey）：位于萨里郡，泰晤士河畔，一著名修道院所在地。

	谁敢违令不从，我让他横尸当场。
侍从	大人，请往后站，让棺材过去。
理查	没有教养的狗东西，我命令你们停下。
	抬起你的戟，不要对着我的胸膛，
	否则，我以圣约翰的名义发誓，如果你胆大妄为，
	我会把你击倒在我的脚下，然后用脚踢之，你这下贱胚。
	（他们放下棺木）
安妮	怎么，你们发抖了吗？你们都害怕了吗？
	唉，我不责备你们，因为你们是凡夫，
	而凡夫的眼睛是不敢直视魔鬼的。——
	走开，你这地狱的鬼差！
	你只能摆布他的躯体，
	却不能支配他的灵魂，滚开。
理查	圣洁的美人，仁慈些，别凶巴巴的。
安妮	恶魔，看在上帝的分上，走开吧，不要打搅我们，
	因为你已经把快乐的人间变成了你的地狱，
	充斥着诅咒的哭喊和深沉的怒吼。
	如果你看着你的恶行而引以为乐，
	那么看看你杀戮的杰作吧。——（揭开棺盖）
	啊，先生们，看哪，看看亨利的遗体，
	创口洞开，鲜血淋漓。——
	愧疚吧，愧疚吧，你这畸形的恶魔，
	他空洞的血管本已冷凝干枯，
	你一露面又使他鲜血逆流。
	你的恶行灭绝人性，伤天害理，
	招致了这反常的惨象。——
	上帝呀，是你赋予了他的血性，就为他的死而复仇吧！

大地呀，是你吞噬了他的血流，就为他的死而复仇吧！
要么让苍天用雷电击杀凶手，
要么让大地张开巨口将他速速吞没，
就像你吞噬这位惨遭魔爪屠杀的
正直君王的血液一般！

理查 夫人，你不懂仁慈的规矩，
仁慈就要与恶为善，以德报怨。

安妮 恶棍，兽类虽凶尚知悯，
天理人情你全无。

理查 我没有怜悯，所以我不是兽类。

安妮 哈，妙极了，恶魔终于吐实情！

理查 还有更妙的，没想到天使也如此暴怒。
圣洁无瑕的妇人哪，
请准许我细细道来，
以洗雪我的不白之冤。

安妮 畸形可憎的丑八怪哪，
请准许我细细道来，
你罪恶昭彰，必得恶报。

理查 花颜难以尽述的美人，给我
片刻的闲暇，请耐心听我辩解。

安妮 邪恶居心难以揣测的恶棍，
你唯有吊死自己，方能赎罪。

理查 我若如此无望，就该自我认罪了。

安妮 你滥杀无辜于先，
绝望自戕于后，
也算是罪有应得。

理查 若是我没有戕害他们呢？

安妮	那他们就不会死， 但是，他们已经被你害死了，你这恶毒的下三烂。
理查	我没有杀害你丈夫。
安妮	哦，那么他还活着吗？
理查	不，他死了，死在了爱德华的手上。
安妮	谎话连篇，玛格丽特王后看到 你那行凶的利剑沾满了他的鲜血， 你还把剑抵到了她的胸口， 是你的兄长把剑尖推到了一边。
理查	我是被她那播弄是非的长舌所激发， 让我这清白之身，去承担他们的罪责。
安妮	你是被你嗜血的念头所激发， 日夜所梦，唯有杀戮。 难道你真的没有杀害这位国王吗？
理查	我供认不讳。
安妮	猥琐暴戾的畜生，你招认了吗？老天有眼！ 你会因为这桩恶行而不得好死。 啊，他是多么温良而高尚呀！
理查	他现在伴驾天国之王，再好不过。
安妮	他现在身登天国，你却永不能至。
理查	是我把他送上天国，让他感谢我吧， 因为相比之尘世，他更适合待在天国。
安妮	对你而言，除了地狱，天地更无容身之处。
理查	是的。但是还有一处，你愿意听我说吗？
安妮	囚牢之所。

理查	与你同床时进入的地方 [1]。
安妮	不管你横陈何处，都会不得安宁。
理查	是的，夫人，直到我与你共枕同卧。
安妮	痴心妄想！
理查	我知道是痴心妄想。但是温柔的安妮夫人，
	不要逞口舌之能，
	让我们平心静气。
	令亨利和爱德华不幸横死的主使，
	和亲手杀死二人的凶手，
	不是同样有罪吗？
安妮	你既是主使，又是凶手。
理查	你的美貌才是杀害二人的主使。
	你千娇百媚，令我魂牵梦绕，
	为求数刻一亲芳泽，
	我不惜将全天下置于死地。
安妮	我告诉你，杀人狂，如果我有此想，
	我会用指甲抓碎我美丽的面颊。
理查	若你花容毁坏，定会惨不忍睹。
	只要我在你身边，就不会让你毁容，
	正如世间万象因太阳而生辉，
	我因你的美貌而添彩，这可是我的白天、我的命。
安妮	那你就永沉黑夜，命断身亡吧。
理查	不要诅咒自己，迷人的尤物，我说了，你是我的白天、
	我的命。

---

1 原文为 Your bedchamber。bedchamber 原意为"卧室"，但此处还有"阴道"的猥亵之意，
故活译为"与你同床时进入的地方"。——译者附注

安妮	但愿如此，我更便于向你复仇。
理查	吵着向爱你的人复仇， 最是不近人情。
安妮	吵着向杀我亲夫者复仇索命， 公公正正，合理合情。
理查	夫人，杀你丈夫者， 是为了让你得到一个更好的丈夫。
安妮	世间的活人，没有一个胜过我丈夫。
理查	有一个活人，爱你胜过你丈夫。
安妮	是谁？
理查	普朗塔热内[1]。
安妮	哦，正是他。
理查	不，与他同姓，但远胜于他。
安妮	此人何在？
理查	近在眼前。（安妮啐理查） 你为何啐我？
安妮	但愿我的唾液有毒，啐死你！
理查	口舌生香处，怎会有毒？
安妮	我宁愿我的口舌之毒，胜过令人作呕的蟾蜍。 滚开吧你，别污染了我的眼睛。
理查	美貌的夫人，是你眼睛侵染了我，让我欲罢不能。
安妮	我宁愿是一只蛇怪，毒目乍闪，取尔性命。
理查	但愿如此，我会死个痛快， 因为它们正折腾得我半死不活。 这双明眸勾引得我咸咸的泪水，

1　理查的父亲约克公爵理查亦用此名。

如幼稚的孩童般潸然不住。

我的双眼从未洒过怜悯的泪水——

当我的父亲约克和爱德华听到

拉特兰[1]因凶恶的克利福德仗剑行凶而哀号不已时，

他们哭了，而我却没有流泪；

当你那好战的父亲讲述我父亲死去的噩耗，

孩童般一连有二十次的哽咽抽泣，

令所有的在场者泪流满腮，湿得像

雨中的树木，我也未流泪。在这些伤心之时，

我那大丈夫的眼睛鄙视卑微的泪水。

凄惨的往事不能令我泪下，

而你的美貌却让我哭瞎双眼。

我从不有求于人，不管对友对敌；

我的舌头从来学不会甘言诏语。

而现在，你的美貌却令我淹留，

我高傲的心在乞求，在引动我的舌头。

（她向他投以鄙夷眼光）

不要叫你的嘴唇吐出轻蔑之词，夫人啊，

嘴唇用来亲吻，而不是轻蔑。

如果你复仇的心不能宽恕于我，

喏，借给你一把尖利的宝剑，（将剑交给她）

如果你愿意，请刺入我真诚的心胸。（↓跪地↓）

释放我爱慕你的心灵，

我坦然迎受你致命的一击，

低声下气地跪求你取我性命。

1　拉特兰（Rutland）是理查的弟弟，《亨利六世》下篇第一幕第三场描述了他的死亡。

（理查露出胸口，安妮仗剑欲刺）
来吧，不要犹豫，是我杀了亨利国王——
然而是你的美貌让我杀机顿起。
来呀，刺我呀，是我杀害了年轻的爱德华——
然而是你天使般的妙容使我性起欲勃 [1]。（安妮扔下剑）
捡起宝剑杀我，
否则就接纳我 [2]。

安妮 　站起来，你这骗子。虽然我希望你死，
　　　　但不想亲手杀你。

理查 　那么如果你让我自尽，我也会从命。（捡起剑）

安妮 　我已经吩咐过了。

理查 　那是你盛怒之言，
　　　　再说一遍，只要你话一出口，
　　　　我这只为了爱你而不惜杀你所爱的手，
　　　　将会为了你的爱而杀死一个更爱你的人。
　　　　对于两者的死，你都难辞其咎。

安妮 　但愿我能看透你的心。

理查 　我的舌头已经表白过了。

安妮 　我恐怕两者都是假的。

理查 　果若如此，世上再无真心人。

安妮 　得了，得了，收起你的剑。

理查 　那么请说，我已经得到媾和。

1　原文为 set me on，既有"使我杀机已起、欲罢不能"之意，又有"使我欲火中烧，难以遏制"之意。

2　原文为 take up me，意为"接受我"，暗含"从性上接纳我／让我勃起"之意。因理查跪在地上，安妮理解为"把我扶起来"。

安妮	日后你自然知晓。
理查	我是否将生活在希冀中?
安妮	我希望人人如此。
理查	求你戴上这个戒指。(为安妮戴戒指)
	看,我的戒指与你的手指正相般配,
	正如我可怜的心,密合于你的芳胸。
	把两者都带上吧,因为两者都是你的。
	如果你可怜的仆人从你
	高贵的手中求取一样恩惠,
	你就会令其永久幸福。
安妮	是什么?
理查	请你将此伤心之事
	交与最适合主丧之人办理,
	你立刻赶到克罗斯比府邸[1]去,
	当我隆重地把这位尊贵的国王
	埋葬于彻特西修道院中,
	并用我悔恨的泪水打湿他的陵墓之后——
	我将火速前往,拜会于你。
	因诸多不便言说的因由,我恳求你,
	答应我的请求。
安妮	看你如此悔过,
	我满心欢喜。——
	特莱塞尔,勃克雷[2],跟我来。
理查	跟我道别吧。

---

1 理查在伦敦的府邸,在主教门大街(Bishopsgate Street),后称克罗斯比宫(Crosby Place)。
2 二人为龙套小角色,仅在此处出现一次。

安妮	你休得有非分之想， 不过，既然你教我如何逢迎于你， 就权当我与你道过别了。

特莱塞尔与勃克雷两人随安妮下

侍从	尊贵的大人，去彻特西吗？
理查	不，去白衣修士修道院，在那里等我。 众侍从抬棺下 可曾有女人在夫死之际被人求婚？ 可曾有女人在守丧之时被人勾走？ 我将占有她，但不想与她长相厮守。 什么？我杀了她的丈夫和公爹， 竟在她对我深恶痛绝之时将她占有了？ 而此时她詈骂满口，珠泪满目， 旁边滴血的尸骸作为仇恨的见证， 天地良心，都在我之行动的对立面， 除了我单一的邪恶和虚伪的外表， 无任何友人支持我的求婚。 而纵然困难重重本该绝无可能，不也追她到手了吗？ 哈！ 三月前，在蒂克斯伯里，我一怒之下 刺死了那个勇敢的王子、她的丈夫爱德华， 莫非她已忘怀？ 天地茫茫，再也不能生出一位 比他更温良可人的绅士， 年轻，勇猛，睿智，尊贵， 无疑深得天地灵秀。 我断送了这位王子的青春， 让她变成了独守空床、哀哀欲绝的寡妇，

难道她还会垂青于我？

垂青于一个不及她丈夫一半的人？

垂青于一个肢体残疾的瘸子？

天晓得，鬼才信 [1]！

我以前错估了我的体貌。

虽然我自甘丑陋，但她却发现

我竟然是一条堂堂正正的汉子。

我要去买一面镜子，

再雇用二十个或四十个裁缝，

把我修饰得时髦一点。

既然我喜欢上自己了，

就花点钱，修一下边幅。

但是，我首先把这家伙入葬，

然后含悲洒泪，回去见我的心爱的人儿。

丽日啊，照耀吧，趁我还没买到镜子，

让我看一下我行走时的影子。　　　　　下

1　原文为 My dukedom to a beggarly denier! 意为"我宁愿相信我的爵号值一个叫花子都不要的小硬币，我都不相信这一点！"。此处意译。——译者附注

第三场 / 第二景

伦敦，宫廷
王后伊丽莎白、里弗斯勋爵与格雷勋爵上

里弗斯	夫人，少安毋躁。毫无疑问，
	陛下不久就会康复的。
格雷	（对伊丽莎白王后）若您难以承受，陛下会每况愈下。
	因此，看在上帝的分上，高兴起来吧，
	用您顾盼的双眸，激起他的生机。
伊丽莎白王后	若他驾崩，我将如何？
格雷	只是失去郎君，没有其他灾祸。
伊丽莎白王后	失去如此一位郎君，无异于塌天之祸。
格雷	上天垂青于您，让您喜得佳儿，
	陛下驾崩后，您必得其慰藉。
伊丽莎白王后	唉，他年龄尚小，
	由理查·格洛斯特监护，
	此人嫌恶于我，对你也心生怨恨。
里弗斯	最终要由他监国摄政吗？
伊丽莎白王后	此事已议定，然尚未施行。
	一旦君王驾崩，势在必行。

白金汉与德比伯爵斯坦利上

格雷	白金汉伯爵和德比伯爵来了。
白金汉	给王后请安。
德比	愿上帝保佑王后福乐绵长。
伊丽莎白王后	我善良的德比大人，

你的祈愿恐不会令里士满夫人[1]舒心。

尽管她是你的妻室，

对我并无爱意，但我好心的大人，请放心，

我并不因为她的傲慢，而对你心生嫌怨。

德比　　　我乞求王后莫要相信

邪恶的造谣者对她的无端指控，

即便所言属实，也求您宽宥

她的过失，我认为她是

痼疾在身，而非存心为恶。

伊丽莎白王后　你今天见到国王了吗，我的德比大人？

德比　　　白金汉公爵和我

正是觐见完陛下后而来。

伊丽莎白王后　陛下有无康复可能，二位大人？

白金汉　　夫人，大有希望。陛下言谈，兴致颇高。

伊丽莎白王后　愿上帝保佑他康复。你们跟他交谈了吗？

白金汉　　是的，夫人。陛下希望

格洛斯特公爵和您的兄弟们[2]和好，

也希望他们和宫内大臣和好。

已经派人召其入宫了。

伊丽莎白王后　但愿皆大欢喜！然而万难企及，

我担心我们的好运已达极点。

理查同海司丁斯与多塞特上

1　里士满伯爵夫人即玛格丽特·博福特（Margaret Beaufort），为德比之妻。她与首任丈夫埃德蒙·都铎（Edmund Tudor）之子为里士满伯爵亨利，即后来的亨利七世。

2　其实只有兄弟一人，即在剧中出现的安东尼·伍德维尔（里弗斯伯爵），但莎士比亚在第二幕第一场的开场提示词中把里弗斯和伍德维尔分别提及，后面也是如此，显然把他当成两个人了。

理查　　　　他们诬陷于我，我将忍无可忍。

是谁在国王面前进谗言，

说我对其冷酷无恩？

我以圣保罗起誓，他们并非爱戴君王，

不过是要让他的耳朵充斥流言蜚语。

因我不善逢迎，体相不佳，

不会笑面对人，不会谄媚奸诈，

不会猴子般模仿，像法国人一样哈腰，

我便被当成了居心叵测的敌人。

难道一个平实之人不能活得无害人之想，

而他的朴真定要任由

奸猾的佞徒曲解滥用？

格雷　　　　数人在场，阁下说谁？

理查　　　　说你哪，你这虚伪鄙陋之徒。

我何时加害过你？我何时冤枉过你？

或你？或你？或是与你们亲近之人？

愿你们都遭灾染疫！国王陛下呀——

愿上帝护佑他免于尔等侵扰——

陛下几乎没有片刻的安宁，

而你们依然进谗不止，令其烦忧。

伊丽莎白王后　格洛斯特贤弟，你误会了此事。

国王圣心独断，

并非受他人左右，

或许，针对你对我的孩子、我的兄弟

和我本身的所作所为而展示出的

内心愤恨，国王才召见于你，

为的是查明根底。

理查	我有口难言。世界已经变坏， 鹰隼不敢立足处，竟有鸟雀觅食。 是个人就能成显贵， 而令诸多温良之士斯文扫地。
伊丽莎白王后	得了，得了，我知道你的意思，格洛斯特贤弟。 你在嫉妒我和我的亲友们飞黄腾达。 愿上帝垂青，让我永远不会有求于你。
理查	但上帝会让我有求于你。 你让我家兄长锒铛入狱， 让我自身蒙羞，让显贵之家 遭人轻贱，却让那些 前日还卑微无闻的宵小之徒 逐日步步高升。
伊丽莎白王后	我本来安适无忧， 是他把我置于这烦扰的高位； 我从未怂恿陛下处治 克拉伦斯公爵，反而 极力为他求情。 我的大人啊，你羞辱并伤害了我， 错误地将我拖入了卑劣的嫌疑。
理查	你可以否认，海司丁斯大人 最近入狱，不是因你主使。
里弗斯	她可以否认，我的大人哪，因为——
理查	她可以否认吗，里弗斯勋爵？啊，谁说不是呢？ 先生，除了矢口否认，她还会做出别的事。 她还会帮你平步青云， 然后再否认她援手其中，

说你不过是实至名归。

什么是她不可以做的？她可以嫁一个，对，她可以——

里弗斯　　　什么嫁一个？她嫁谁？

理查　　　　什么嫁一个？她嫁谁？嫁一个国王，

一个单身而英俊的年轻人。

你的祖母也未能嫁得如此之好。

伊丽莎白王后　我的格洛斯特勋爵，

我对你的讥刺嘲讽容忍得太久了。

我对天发誓，我将让陛下知道

我时常迎受的恶毒的羞辱。

我宁愿是一个乡下的女仆，

也不想在此种状况下当一个尊贵的王后，

受人摆布，遭人轻蔑，任人欺凌。

年迈的玛格丽特王后[1]悄上

我作为英国王后，欢乐微乎其微。

玛格丽特王后　（整场旁白）上帝呀，我求你，就让她无乐可享！

你的荣耀，你的尊位，本都归属于我。

理查　　　　（对伊丽莎白王后）什么？你以禀告国王来恐吓我？

我也要面见国王，

哪怕被送进伦敦塔。

我的功勋已被遗忘，我该言说了。

玛格丽特王后　滚吧，恶魔！你的功勋我一清二楚。

你在伦敦塔中杀死了我的丈夫亨利，

又在蒂克斯伯里杀死了我可怜的儿子爱德华。

1　历史上，亨利六世的遗孀在蒂克斯伯里（Tewkesbury）大战之后被囚禁，后被流放到她的故土法兰西。

理查	（对伊丽莎白王后）在你成为王后之前，也可以说，
	在你丈夫为王之前，
	我为他了却大事，奔走效命，
	我为他剪除劲敌，为他酬谢亲信，
	为了让他的体内流淌着君王的血，
	我甘愿让自己的血流出体外。
玛格丽特王后	是的，还有许多忠勇的热血男儿因此而喋血。
理查	一直以来，你和你的丈夫格雷
	都站在兰开斯特家族一边。——
	里弗斯，你也是。——你的丈夫难道不是
	在圣奥尔本斯的玛格丽特之战中被杀的吗[1]？
	如果你忘了，让我提醒你一下，
	你以前如何，现在如何；
	而我以前如何，现在又如何。
玛格丽特王后	你以前是一个杀人害命的恶棍，现在依然如此。
理查	可怜的克拉伦斯背叛了他的岳父沃里克[2]，
	也违背了自己的誓言——愿耶稣宽宥于他！——
玛格丽特王后	他必遭天谴！
理查	他为了王位与爱德华并肩而战。
	可怜的勋爵，他的报偿就是锒铛下狱。
	我祈求上帝让我心如铁石，像爱德华一样，
	或者让爱德华心慈手软，与我一般。

1 历史上，伊丽莎白的首任丈夫是约翰·格雷爵士，虽然在《亨利六世》下篇第三幕第二场中他被描绘成为约克家族而战，实际上他在为兰开斯特家族而战中被杀。
2 克拉伦斯和沃里克伯爵背叛了约克家族，克拉伦斯娶了沃里克之女，但后来又归向了约克家族，这些情节在《亨利六世》下篇中有所描绘。

	我幼稚太过，在这个世界上举步维艰。
玛格丽特王后	你若知羞耻，赶紧下地狱吧，离开这个世界。 你这邪恶的幽灵，你的王国在地狱里面。
里弗斯	我的格洛斯特勋爵，你咬定我们 在那纷扰的日子里是敌手， 我们不过是追随当时之君主而已。 如果您是我们的君王，我们也会追随于您。
理查	如果我是国王？我宁愿是一个商贩。 愿这一念头远离我心间。
伊丽莎白王后	我的大人，如果您是 一国之君，你将不会有多少臆想中的欢乐， 正如身为王后的我， 终日忧烦缠身。
玛格丽特王后	王后本来是无乐可享的， 如果我是她，也会忧患迭生。 我再也无法保持耐心。——（上前） 听我说，你们这帮把我抢劫 而又因分赃不均起内讧的海盗， 看到我，你们哪一个不战栗不已？ 如果不像臣子一般在王后面前俯首， 那就像暴徒般在被黜的王后面前颤抖。 （对理查）啊，高贵的贱人，不要走。
理查	皱脸的老巫婆，你来干什么？
玛格丽特王后	只是为了重复你造成的祸害， 在我放你走之前我会说的。
理查	流放之人，擅回必死，你不知道吗？
玛格丽特王后	是的，但与回国受死相比，

流放之苦更甚。

你欠我一个丈夫、一个儿子，

你欠我一个王国；你们都不忠不义。

我所有的哀伤，本该是你们的，

你们所享的一切欢乐，本该是我的。

理查 我尊贵的父亲把诅咒加诸你身。

当你在他的好战的头上套上了纸糊的王冠，

又用你的轻蔑引得他泪流成河，

然后，你给他一块沾满年轻的拉特兰

无辜鲜血的布，擦干他的泪花——

他凄苦的心灵，对你发出了

谴责的咒语，如今已全部应验，

是上帝，而不是我们，让你永偿血债。

伊丽莎白王后 上帝是公正的，必不会冤枉无辜。

海司丁斯 啊，戕害幼童，卑劣至极，

真真令人惨不忍闻！

里弗斯 当此事大白于天下，纵然是暴君也会掩面而泣。

多塞特 国人皆曰，此仇不报枉为人。

白金汉 当初诺森伯兰在场，目睹之下，也是珠泪涟涟。

玛格丽特王后 什么？在我来此之前，你们一个个咆哮暴跳，

准备掐住对方的咽喉，

现在把你们的愤恨都转向我了吗？

约克的可怕诅咒果真上达天听？

以亨利的死，以我亲爱的爱德华的死，

以他们王国的丧失，以我凄惨的放逐，

竟然抵不上一个乳臭未干的稚子？

难道诅咒会穿透云层，进入天国？

那么，呆滞的云朵，为我尖刻的咒骂让路吧。
你们的国王纵不在战时殒命，也会在淫欲中亡身，
正如我们的国王被弒，就是为了让他为君。——
（对伊丽莎白）你的儿子爱德华，现在的威尔士亲王，
同我的儿子爱德华、过去的威尔士亲王一样，
正值青春年少，却死于非命！
以前我是王后，而现在你是王后，
愿你宠尽反受辱，像我一样凄凄惨惨戚戚！
愿你活到为自己的儿子收尸下葬，
像我一样，看到另一个王后
取代你的尊荣，如同你取我而代之。
愿你临死之前，长久郁郁寡欢，
愿你死时既无慈母、贤妻之名，又无王后之号，
唯有此恨绵绵。——
里弗斯，多塞特，还有你，海司丁斯大人，
当我儿饮剑喋血时，
你们是亲眼目睹的。
上帝呀，愿你们一个个不得好死，
在飞来横祸中了结一生。

理查　　闭嘴，你这干瘪而可恶的老巫婆。

玛格丽特王后　　住口，狗贼！我也不会放过你的。
我祈愿上天，
将重重灾疫降临你身，
啊，且慢，直到你恶贯满盈时，
再将上天的义愤加诸你身，
你这让尘世不得安宁的恶人。
愿良知像蠕虫般不断噬咬你的灵魂。

愿你亲眼见到众叛亲离，

愿你把最阴狠的叛贼引为至交。

愿安眠远离你那邪恶的双目，

除非让你梦魇不断，

噩梦中群魔乱舞，厉鬼现前。

你这天生的丑怪，贪婪的猪猡，

你生而低贱，死而凄惨，

这在你出生时就已注定。

你愧对你母怀你时的便便大腹，

你父亲怎会有你这样的孽子，

你这臭名远扬的人渣，你这可憎的——

理查	玛格丽特。
玛格丽特王后	理查。
理查	哈？
玛格丽特王后	我没有叫你。
理查	那么请原谅，我以为 你刚才对我痛骂不已。
玛格丽特王后	嘿，刚才骂的就是你，但不想听你回嘴。 啊，让我结束我的痛骂吧。
理查	你说"你这可憎的"时，我接上了"玛格丽特"[1]。
伊丽莎白王后	所以你是自己骂自己。
玛格丽特王后	可怜的王后啊，你攫我尊位，惺惺作态，又有何用？ 那腹部滚圆的蜘蛛，已用致命的毒网

---

[1] 原文为 'Tis done by me, and ends in 'Margaret'，直译为"我已经结束了，而且是以'玛格丽特'结束的。"这样的表达未能把上文理查接着"你这可憎的——"所说的"玛格丽特"的用意完全表达出来，因此，此句用意译。——译者附注

将你罩住，你为何还对其甜言蜜语？
蠢，你真蠢，你是在磨刀霍霍向自身。
总有一天，你会希望我
帮你痛骂这个伛背的毒蟾。

海司丁斯 信口雌黄的女人啊，停止你疯狂的詈骂，
若我等忍无可忍，将会对你不利。

玛格丽特王后 无耻的下流胚！是你们让我忍无可忍。

里弗斯 如果我们待你得当，你就会安守本分。

玛格丽特王后 你们都应安守本分，善待于我，
奉我为王后，自身为仆臣。
啊，好好地侍奉我，教你们自己安守本分吧。

多塞特 不要跟她争辩，她疯了。

玛格丽特王后 闭嘴，侯爵大人，你不要胡言乱语，
你享爵日浅，乃无名之辈。
啊，你这年轻的新贵呀，想想吧，
一旦你运败失势，你将苦不堪言。
人登高者，倾跌必重，
一旦摔下，粉身碎骨。

理查 说得好。记住了，记住了，侯爵。

多塞特 这话也适用于你，大人，跟我一样。

理查 是的，简直是心有戚戚。但我生为贵胄，
宛如鹰巢筑于云杉之梢，
以对日临风为戏。

玛格丽特王后 然后把太阳蒙上阴影。哎呀，哎呀！
且看我的儿子，现在就在死亡的阴影中，
你暴怒的云团，让他那炫目的光辉
沉溺于永久的黑暗。

	你害死了我们的雏鹰，占了我们的鹰巢。
	啊，上帝呀，你开眼吧，再也不要忍受。
	就让他血债血偿吧！
白金汉	住口，住口，纵不是与人为善，也要顾及脸面。
玛格丽特王后	我既不与人为善，也不顾及脸面。
	你们从未与我为善，
	而且不顾脸面地屠杀了寄托我希望的人。
	我和善时就已怒火冲天，活着就已不顾脸面，
	在耻辱之中，我依然悲愤连连。
白金汉	好了，别说了。
玛格丽特王后	啊，尊贵的白金汉，我将亲吻你的手，
	以示与你为善。
	愿好运降临到您和您高贵的家人身上。
	你的衣衫上并未沾上我们的血斑，
	因此你不在我咒骂的范围之内。
白金汉	你也不该咒骂此处的任何人，
	因为咒骂他人，终及自身。
玛格丽特王后	我只想让我的诅咒上达天听，
	惊醒上帝恬睡的安宁。
	啊，白金汉呀，当心那条狗。
	每当他摇尾乞怜时，他就会咬人；而当他咬人时，
	他的毒牙会引发致命的溃烂。
	不要与他交游，提防于他。
	罪恶、死亡和地狱已在他身上留下印记，
	而且他们所有的爪牙都听命于他。
理查	她在说什么，我的白金汉大人？
白金汉	唠叨之词，不值一听，我尊贵的大人。

玛格丽特王后	什么，我良言相劝，你却说不值一听？
	我警告你提防那个恶魔，你却向他献媚？
	啊，假以时日，你会记起这些的，
	当他用忧伤把你的心割碎，
	你会说可怜的玛格丽特所言非虚。——
	只要你们活着，都为他所恨，
	他也为你们所恨，你们都为上帝所恨。
白金汉	听了她的咒骂，我毛骨悚然。
里弗斯	我也如此。我不明白，她为什么出言无状。
理查	看在圣母的分上，我不怪她。
	她受了太多的委屈，我后悔
	当初对她犯下的错。
伊丽莎白王后	就我所知，我从未伤害过她。
理查	然而她屡遭其害，你却尽享其利。
	我曾热心助人 [1] 无好报，
	现在已被负义忘恩。
	圣母马利亚，至于克拉伦斯，他已得厚报。
	他劳苦功高，却遭卸磨杀驴——
	愿上帝宽宥那些主使之人！
里弗斯	为伤害我们的人祈祷，
	这是基督般的盛德。
理查	我向来如此，谦恭行事。——
	（自语）如果我现在咒骂，无异咒我自己。
凯茨比上	
凯茨比	夫人，陛下召见您。

下

---

1 指帮助爱德华即位。

	还有您，我尊贵的大人。
伊丽莎白王后	来了，凯茨比。诸位大人，请随我来。
里弗斯	遵命，王后。　　　　　　　除格洛斯特公爵理查外众皆下
理查	我给人冤屈，又先起纷争。

我暗中为恶，

却让人身背恶名。

让克拉伦斯身陷黑牢的，其实是我，

而我却对着德比、海司丁斯和白金汉等白痴

为他洒泪鸣冤；

我告诉他们，由于王后及其同党进谗，

国王才将我兄长谪贬。

现在他们都深信不疑，怂恿我

向里弗斯、多塞特和格雷复仇。

我只是一声长叹，引用圣经上的箴言，

告诉他们，上帝让我等以德报怨。

我盗取圣经上的言辞

来掩饰我赤裸的奸邪，

我坏事做绝，却表现得像一个圣徒。

二杀手上

且住，替我行凶的人来了。——

如何，我果敢的伙伴们，

你们现在就要动手吗？

杀手甲	是的，大人，我们来领取通行的凭证，
	以便能进入他所在的地方。
理查	很好，我正带在身上呢。(递过通行凭证)
	事成之后，你们赶往克罗斯比宫。
	但是，先生们，出手要快，

下手要狠，不要听他央求；

因为克拉伦斯巧舌如簧，

如果你们听他一说，或许会心生恻隐。

杀手甲　　不，不！大人，我们不会与他搭话。

说者不做，做者不说。我们保证

出手致其命，绝不费口舌。

理查　　蠢材眼中含泪水，尔等眼中显神威。

我喜欢你们，伙计们。立刻动手。

去吧，出发。

杀手甲　　是的，我尊贵的大人。　　　　　　　　　众人下

第四场　　/　　第三景

伦敦塔

克拉伦斯与守卫[1]上

守卫　　阁下今天为何看起来忧虑重重？

克拉伦斯　　啊，昨晚睡眠不佳，

梦魇连连，梦象丑恶，

令我不敢再有如此的梦境，

因为我是一个虔诚的基督徒，

即便能换得无数快乐的白天，

1　守卫（Keeper）：伦敦塔守卫（这一角色可与勃莱肯伯雷一角合并）。

　　　　　　　也不愿过一个这样惊恐万状的夜晚。

守卫　　　我的大人，您做了什么梦？请您告诉我。

克拉伦斯　我梦见我已逃离了伦敦塔，

　　　　　　　正乘船驶往勃艮第，

　　　　　　　我的兄弟格洛斯特与我同行，

　　　　　　　他劝我离开船舱，

　　　　　　　到甲板散步。我们在那里望着英格兰，

　　　　　　　回想着约克和兰开斯特家族

　　　　　　　开战期间我们经受的

　　　　　　　上千次的悲惨时光。正当我们沿着

　　　　　　　颠簸的甲板踱步，

　　　　　　　我梦见格洛斯特一个趔趄

　　　　　　　倒向了我，在我扶他的时候，

　　　　　　　他却把我撞入了波涛汹涌的大海。

　　　　　　　啊，上帝呀，我想，被淹没是怎样一幅惨痛的景象！

　　　　　　　我的耳边响着怎样可怕的水声，

　　　　　　　我的眼前显现着怎样惨死的景象。

　　　　　　　我梦见了上千的可怕船骸，

　　　　　　　上千的人们正被鱼群吞噬，

　　　　　　　金块、巨锚、大量的珍珠、

　　　　　　　无数的钻石、无价的珍宝，

　　　　　　　全都散落在海底。

　　　　　　　有的落在了死人的颅骨里，

　　　　　　　有的爬入了骷髅的眼眶，

　　　　　　　似对贪取财宝的眼睛表示轻蔑，

　　　　　　　对污秽的海底卖弄风情，

　　　　　　　对散乱的白骨予以嘲讽。

守卫	在临死之时，你怎会有闲情 窥视海底的秘密？
克拉伦斯	的确如此，我几度尽力 求死，但妒忌的海浪 却不让我灵魂脱壳，不想让它 进入空旷飘忽的空气， 而是把它禁锢在我痛苦的体内， 而我的身体几近迸裂，将我的灵魂喷入海内。
守卫	难道你没从惨痛中醒来吗？
克拉伦斯	没有，没有，我虽已死，但梦依然持续。 啊，然后我的灵魂开始煎熬， 我似乎随着诗人描述的凄惨的船夫， 穿越忧郁的波涛， 抵达长夜难明的疆域。 第一个迎候我陌生的灵魂的， 是我伟大的岳父，名声煊赫的沃里克， 他叫嚷道："在这幽冥之界，可有惩处背约之刑， 施加于不讲信义的克拉伦斯？"[1] 说完就消失了。然后一个天使般的 身影游荡而至，头发光洁， 血迹斑斑，他尖叫着："克拉伦斯来了， 虚伪的、奸猾的、不讲信义的克拉伦斯， 他在蒂克斯伯里战场上给了我致命一击。 复仇女神呀，逮住他，折磨他！"

1　克拉伦斯在和沃里克议定要转而支持兰开斯特家族后，却又违背了他向沃里克许下的誓约，
　　开始为约克家族而战。

说着，似乎有一群恶魔

把我团团围住，在我耳边发出

可怕的嚎叫，就在嚎叫声中，

我战栗着醒来了，噩梦如此可怕，

过了好久，我仍不能相信

我曾身陷地狱。

守卫　　　大人，难怪让您如此受惊，

我听您一说，也有点不寒而栗呢。

克拉伦斯　啊，守卫，守卫，出于爱德华的缘故，

我做了这些事，令我的灵魂

不得安宁，看他是如何报偿我的。

啊，上帝呀，如果我至诚的祈祷不能令您息怒，

而要追究我的罪过，

就惩处我一人吧，

放过我无辜的妻子和可怜的儿子。

守卫，求你在我旁边坐一会儿，

我忧心忡忡，昏昏欲睡。

守卫　　　好的，大人。愿上帝赐您安眠。（克拉伦斯入睡）

卫队长勃莱肯伯雷上

勃莱肯伯雷　忧伤让四季失序，时光错乱，

把黑夜变成早上，又把白昼变成黑夜。

王者的荣耀不过在于其尊号，

为了身外的尊荣，付出内心的煎熬，

为了些许非非之想，

他们的世界经常不得安宁。

因此，在他们的尊号和出身之间，

除了外在的虚名，毫无分别可言。

二杀手上

杀手甲　　　哈，谁在这里？

勃莱肯伯雷　你想干什么，伙计？你是怎么进来的？

杀手乙　　　我想跟克拉伦斯谈谈，我用腿走进来的。

勃莱肯伯雷　好，痛快！

杀手甲　　　痛快要比啰唆好，先生。让他看看我们所奉的指令，无
　　　　　　　须多言。（将指令交给勃莱肯伯雷）

勃莱肯伯雷　（读）按照此令，我奉命将
　　　　　　　尊贵的克拉伦斯公爵交付到你们手中。
　　　　　　　我不追究其中的缘故，
　　　　　　　因为我对此毫不知情。
　　　　　　　公爵正躺在那里睡觉，这是钥匙。
　　　　　　　我将去面见国王，禀告他
　　　　　　　我已将所看管之人交到你们手中。　　　　　　下

杀手甲　　　请吧，先生，你很明智。再会。

杀手乙　　　怎么，我们趁他睡觉时把他刺死吗？

杀手甲　　　不，他醒来时，会说这是懦夫所为。

杀手乙　　　哇，不到末日审判，他不会醒的。

杀手甲　　　哇，他会说我们趁他睡觉时行刺于他。

杀手乙　　　说起"末日审判"，倒令我惴惴不安。

杀手甲　　　怎么，你怕了？

杀手乙　　　杀他我不怕，因为我们是奉命行事，我怕因杀他而坠入
　　　　　　　地狱，没有任何命令能使我免于此厄。

杀手甲　　　我认为你一向是个有决断之人。

杀手乙　　　我现在已做决断，让他活下来。

杀手甲　　　我回去将此事禀报格洛斯特公爵。

杀手乙　　　且慢，请等一会儿。我希望我的意向会发生变化。从一

数到二十，我的念头就会变的。

（他们停下或开始数到二十）

杀手甲	现在你意下如何？

杀手甲　现在你意下如何？

杀手乙　我心里还剩下一点点良心的碎渣儿。

杀手甲　想想此事了结后，我们得到多少赏金。

杀手乙　哈，他死定了。我刚才忘了赏金了。

杀手甲　现在你良心何在？

杀手乙　啊，在格洛斯特公爵的钱袋里。

杀手甲　当他打开钱袋给我们赏金时，你的良心会飞出来的。

杀手乙　飞就飞吧，无所谓。谁在乎这些。

杀手甲　如果你又良心发现怎么办？

杀手乙　我不跟它瞎搅和，它让我变成了一个懦夫。你不能偷，一偷它就告发我；你不能立誓诅咒，一立誓诅咒它就会跟你作对；你不能勾搭邻人的妻子，一勾搭它就会去告密。它是一个羞红了脸的精灵，老是在心里跟你闹别扭，跟你过不去；有一次，它迫使我把我偶尔捡到的一袋黄金归还失主；它会让任何占有它的人变成乞丐；到处都有人认为它是危险之物而驱逐之；每一个想过好日子的人，都相信自我，摒弃于它。

杀手甲　刚才它就在我的肘下，劝我不要杀害公爵。

杀手乙　恶向胆边生，不要相信良心；它会取悦于你，又令你嗟叹不已。

杀手甲　我是有主见之人，不会任其摆布。

杀手乙　说得倒像是爱惜名誉的勇士，来吧，让我们动手吧！

杀手甲　用你的剑柄击打他的脑壳，然后将他扔进隔壁的葡萄酒桶里。

杀手乙　啊，绝妙的注意，把他变成一块泡酒的面包。

杀手甲	轻点，他醒了。
杀手乙	打！
杀手甲	不，我们要跟他谈谈。
克拉伦斯	守卫，你在哪里？给我一杯酒。
杀手乙	大人，很快就会让你喝个够。
克拉伦斯	天哪，你们是谁？
杀手甲	跟你一样，是人。
克拉伦斯	不一样，我是王室贵胄。
杀手甲	确实不一样，你不如我们忠诚。
克拉伦斯	你说话像打雷，相貌却很谦和。
杀手甲	我是在传达国王的旨意，但相貌依然是我自己的。
克拉伦斯	你的话语中充满着阴沉的煞气！
	你的眼神令我不寒而栗。你为何脸色惨白？
	谁派你来的？你来干什么？
杀手乙	来，来，来——
克拉伦斯	来杀我吗？
二杀手	对，对。
克拉伦斯	你们不敢说破此事，
	因此也不敢动手行凶。
	好吧，朋友们，我冒犯你们了吗？
杀手甲	你不曾冒犯我们，但你冒犯了国王。
克拉伦斯	我会再度跟他言归于好的。
杀手乙	永远不会了，我的大人；准备受死吧。
克拉伦斯	你是从茫茫人海中挑选出来
	去滥杀无辜吗？我有何罪过？
	控诉我的证据何在？

可有合法的陪审团将指控交付

蹙眉的法官？在我被交付法庭

判决之前，是谁宣判了可怜的

克拉伦斯的凄惨的死刑？

用死亡恐吓于我是最不合法的。

我命令你们，如果你们不想招灾，

离开此地，不要碰我。

一旦动手，你们将罪不容赦。

杀手甲　我们是奉命行事。

杀手乙　指使我们来的是国王。

克拉伦斯　胆大妄为的奴才，伟大的万王之王 [1]

已经制定了诫命，

你等不得杀人 [2]，你等胆敢

违抗上帝诫命而听命于人吗？

当心啊，因为上帝手握惩戒权柄，

谁违反诫命，就将惩罚加诸谁的头顶。

杀手乙　上帝正是将惩罚加诸你的头顶，

因为你的背誓，也因为你的杀戮。

你曾以领圣餐立誓，

为兰开斯特家族而战。

杀手甲　而且，你就像上帝所指称的叛徒，

违背了誓约，用你邪恶的利剑，

1　指上帝。

2　参见十诫之第六诫，出自《出埃及记》(Exodus 20:13)。

	将君王之子[1]剖腹。
杀手乙	那正是你发誓拥护保卫的人。
杀手甲	你自己将上帝的可怕诫命违背殆尽，
	却怎能要求我们去遵循？
克拉伦斯	啊呀，我何故做出此等恶行？
	为了爱德华，为了我的兄长，为了他的缘故。
	他不至于为此派你们来杀我，
	因为他的罪孽跟我一样深重。
	如果上帝为此事追究罪责，
	啊，你们应该知道，他不会暗中动手。
	不要从他强壮的胳膊中拿过追惩之责；
	为铲除违背他的人，
	他无须假手他人，或采取不法之举。
杀手甲	那么，当初你将英气勃发、年轻勇敢的
	普朗塔热内一击致命，
	又是谁使你成为血腥的元凶？
克拉伦斯	出于对我兄长的爱，还有魔鬼的引诱和我的怒火填膺。
杀手甲	对你兄长的爱、我们的职责和你的罪孽，
	使我们此时此地取你性命。
克拉伦斯	如果你们爱戴我的兄长，就不要恨我。
	我是他的兄弟，爱他至深。
	若你们受雇是为了赏金，那么回去吧，
	我将派你们去见我的兄弟格洛斯特，
	他知道我能活着，将比爱德华得知我的死讯时
	给你们更丰厚的酬金。

---

1 指亨利六世之子爱德华。

杀手乙	你受骗了，你的兄弟格洛斯特恨你呢。
克拉伦斯	啊，不，他爱我，他待我手足情深。
	你们离开我这里去见他吧。
杀手甲	是的，我们会去的。
克拉伦斯	告诉他，当我们的父王约克
	用胜利的手臂为三个儿子祝福时，
	他几乎没有想到手足离分。
	让格洛斯特想想此事吧，他将会热泪淋淋。
杀手甲	是的，眼里落磨石，他教我们这样哭[1]。
克拉伦斯	啊，不要诋毁他，他是个好人。
杀手甲	不错，就像收获时大雪纷纷。
	哈，你在自欺欺人，
	正是他派我们来此地取你性命。
克拉伦斯	不可能，因为他曾为我的不幸而哭泣，
	把我抱在怀中，哽咽着发誓说，
	一定尽力使我获释。
杀手甲	哦，他的确尽力使你摆脱尘世的愁苦，
	升入快乐的天堂。
杀手乙	认命吧，大人，因为你必死无疑。
克拉伦斯	你们心中居然有如此神圣的情感，
	劝我认命，不向老天抗争，
	而你们逆天悖理来杀我，
	难道就对天命置若罔闻？
	啊，先生们，派你们来行刺者

---

1 原文活用了英文中的一个俚语 weep millstones，形容人铁石心肠，不易落泪。——译者附注

必定因此事而憎恨你们。

杀手乙 （对杀手甲）我们该怎么办？

克拉伦斯 慈悲恻隐，救赎你们的灵魂吧。

如果你们同我一样，

也是君王之子，失去自由，惨遭监禁，

如果两个像你们一样的杀手来行刺，

如果你们也像我一样悲切，

难道不恳求活命吗？

杀手甲 慈悲恻隐？不，那是懦夫的行径，女人的做派。

克拉伦斯 没有恻隐之心，就是野兽、野人、魔鬼。

（对杀手乙）我的朋友，我在你的眼神里窥到了一丝怜悯。

啊，如果你的眼睛没有假意谄媚，

就到我这边来，为我求情，

哪一个乞丐不同情落难行乞的王子？

杀手乙 看看你的身后，我的大人。

杀手甲 （刺之）看剑，看剑！如果杀你不死，

我再把你泡在葡萄酒桶里。 拖尸体下

杀手乙 血腥的暴行，绝情的杀戮。

我多么想也能像彼拉多一样[1]，

洗干净这沾染谋杀罪恶的双手。

杀手甲上

杀手甲 你怎么搞的？怎么不来帮我一把？你什么意思？

我对天起誓，将让公爵知道你是个缩头乌龟！

杀手乙 宁愿他知道我救了他的兄长。

---

1 罗马犹太巡抚彼拉多（Pilate）下令在十字架上钉死耶稣，之后当众洗手，以表示钉死耶稣与
他无关。

你领赏去吧，把我的话也告诉他，

因为我为公爵被害痛悔不已。　　　　　　　　　下

杀手甲　我不后悔。去吧，你这懦夫。

好吧，我要去把尸体藏在一个洞里，

直到公爵下令将他埋葬。

当我领取了赏金，我就会离开，

真相终会大白，此地绝不可久待。　　　　　　下

第二幕

第一场 / 第四景

伦敦，宫廷

喇叭奏花腔。国王（呈病态）、王后、多塞特侯爵、里弗斯、海司丁斯、凯茨比、白金汉、伍德维尔及余上

爱德华四世 　啊，如此而已。现在朕已完成了一整天的事。

　　　　　　　诸位爱卿，且继续同心协力。

　　　　　　　朕每天期待着救世主差人来

　　　　　　　将朕从此地救赎，

　　　　　　　既然朕已使众位爱卿在人世间媾和，

　　　　　　　朕则愈加心安理得，向天国飞升。——

　　　　　　　多塞特，里弗斯，握握手吧。

　　　　　　　不许心藏怨恨，发誓彼此敬爱。

里弗斯 　　我对天起誓，怨恨已从我心中剔除，

　　　　　　　伸出我的手，以表示真心相爱。（将手伸给海司丁斯）

海司丁斯 　愿苍天佑我兴旺发达，因为我也是真心盟誓！

爱德华四世 　当心，君王面前无戏言，

　　　　　　　否则至高无上的万王之王

　　　　　　　会查知你们暗藏的邪恶，

　　　　　　　让你们彼此仇杀，以作严惩。

海司丁斯 　也愿苍天保佑我兴旺发达，因为我发誓倾心爱他。

里弗斯 　　也保佑我，因为我一心一意爱着海司丁斯。

爱德华四世 　夫人，你也不能置身事外，

还有你，朕的儿子多塞特，白金汉，还有你；
你们曾经彼此攻讦。
朕的王后啊，爱海司丁斯勋爵吧，让他亲吻你的手，
不管你做什么，都要真心实意地做。

伊丽莎白王后 吻这里，海司丁斯，我将捐弃
我们的前嫌，因此，老天也保佑我和我的族人兴旺发达吧。

爱德华四世 多塞特，拥抱他吧。——海司丁斯，热爱侯爵大人吧。

多塞特 我在此声明，就我而言，
互敬互爱，矢志不渝。

海司丁斯 我也发誓。（二人拥抱）

爱德华四世 现在，尊贵的白金汉，用你对朕王后
亲族的拥抱，来表明你们一体同心，
也让朕为此高兴一下。

白金汉 （对王后）无论何时，若白金汉对王后陛下
心生恨意，对您和您的族人
缺乏爱心，就让上帝惩罚我，
让我希望爱我的人痛恨于我。
在我最需要朋友，
而且对其深信不疑时，
让他对我阴险狡诈，
诡计多端。当我对您和您的亲族
冷酷无情时，我乞求上天这样对我。（拥抱）

爱德华四世 尊贵的白金汉，对于我羸弱的心，
你的誓言就是一剂良药。
现在，此地尚缺朕的兄弟格洛斯特，
以圆满达成这一幸福的和解。

白金汉 这可真是巧得很，

我的君王，我的王后，早上好。
各位尊贵的大人，你们好吧！

         理查·拉克立夫爵士和公爵来了。

拉克立夫和格洛斯特公爵理查上

理查   我的君王，我的王后，早上好。
      各位尊贵的大人，你们好吧！

爱德华四世 今日过得的确很高兴。
      格洛斯特，朕做了一件善事，
      令互生嫌隙、愠怒相向的贵胄们
      握手言和，化恨为爱。

理查   这真是圣德一件，我最尊贵的君王。
      在诸位在场的王室亲贵中，
      若有人要么出于误会，要么出于臆测，
      而以我为敌，假如我在无意之中，
      或盛怒之下，触犯了
      在场的某一位，我祈愿
      能与其讲和修好。
      对我而言，结怨失和形同丧命，
      我痛恨结怨，希望得到所有好人的爱戴。——
      首先，王后啊，我恳求通过我忠心的效命，
      赢得您真正的眷顾垂青。——
      还有你，我尊贵的白金汉堂兄，
      让我们消除彼此间的所有芥蒂。——
      还有你和你，里弗斯勋爵，多塞特，
      由于我的缘故，你们都曾对我侧目而视。——
      还有你，伍德维尔勋爵，斯凯尔斯勋爵[1]，还有你；

---

1 斯凯尔斯勋爵（Lord Scales）实际上是里弗斯勋爵的另一封号，莎士比亚错误地将其当成了又一角色。

　　　　　　　还有各位公爵、伯爵、勋爵，以及所有的先生们，
　　　　　　　我对每一位健在的英国人，
　　　　　　　如同昨夜初生的婴儿一般，
　　　　　　　不存任何芥蒂。
　　　　　　　我感谢上帝能让我谦卑。

伊丽莎白王后　从今以后，把今天当成节日来庆祝吧，
　　　　　　　我祈求上帝，让一切纷争尽皆化解。——
　　　　　　　我的君王啊，我求您开恩，
　　　　　　　把我们的兄弟克拉伦斯也一并赦免吧。

理查　　　啊，夫人哪，我在此场合主动示好，
　　　　　　　怎么反受如此嘲弄？
　　　　　　　谁不知道这位温良的公爵已经死了？（众吃惊）
　　　　　　　你出言无状，是辱及其尸。

爱德华四世　谁不知道他死了？谁知道他死了？

伊丽莎白王后　明鉴的苍天哪，看看这是怎样的世界呀？

白金汉　　多塞特大人，我和别人一样，也是脸色苍白吗？

多塞特　　是的，善良的大人，
　　　　　　　在场的每一位无不大惊失色。

爱德华四世　克拉伦斯死了吗？囚禁令已经撤销了呀。

理查　　　您的第一道命令由生翅的墨丘利
　　　　　　　飞速送达，而第二道令则由跛脚人蹒跚送至。
　　　　　　　这个可怜的人就死在您的第一道令下，
　　　　　　　第二道令来时，他已经被埋葬。
　　　　　　　我祈求上帝，那个与可怜的克拉伦斯相比，
　　　　　　　既不高贵，也不忠诚，更加嗜血成性，
　　　　　　　却没有王室血统的人，应得到更惨的恶报，
　　　　　　　但现在却法外逍遥。

德比伯爵上

德比	主上，为了我付出的辛劳，请恩准我的请求。（跪地）
爱德华四世	请少安毋躁，朕心中充满了忧伤。
德比	我不会站起，除非陛下听我陈说。
爱德华四世	好吧，你有何请求，速速道来。
德比	（站起）主上，我的一个仆人今天杀了 最近投靠诺福克公爵的横暴之人， 请赦免他的死罪。
爱德华四世	朕刚亲口将朕的弟弟赐死， 怎会将一个该死的奴隶赦免？ 朕的弟弟没有杀人：他只是心存不善， 而他的惩处便是痛苦的死亡。 有谁恩求朕对他开恩？在朕盛怒之下， 有谁跪倒在朕的脚下，对朕劝谏？ 谁谈起过手足之情、兄弟之爱？ 谁告诉过朕，这个可怜的人背离了 强大的沃里克，为朕而战？ 谁告诉过朕，在蒂克斯伯里的战场上， 牛津伯爵将朕击败时，是他救了朕， 并说"亲爱的兄长，活下来，即位吧"？ 谁告诉过朕，当朕与他僵卧疆场 几乎受冻至死时，他如何用他的衣袍 将朕裹起，而他自己身着薄衣， 几近裸身，在寒夜中瑟缩欲昏？ 朕当时在狂怒之下，将此一切 全然忘怀，你们竟无人 循循善诱，提醒于朕。

　　　　　而当你们的车夫侍从

　　　　　酗酒行凶，挥刀杀人，

　　　　　把死者砍得面目全非[1]，

　　　　　你们就径直来朕前跪求恕罪，恕罪，

　　　　　而朕也心怀偏私，总是如你等所请。

　　　　　但是，对朕的兄弟，你们一个个缄口不语，

　　　　　而朕，竟然也狠心绝情，

　　　　　未曾替可怜的兄弟辩白。在他生前，

　　　　　你们中最高傲的人也曾受惠于他，

　　　　　但你们却无一曾为其乞命。

　　　　　啊，上帝呀，朕担心你的惩处将至，

　　　　　对朕，对你们，以及朕和你们的至亲！——

　　　　　来吧，海司丁斯，扶朕至寝宫。

　　　　　啊，可怜的克拉伦斯。　　　　国王、王后及部分廷臣下

理查　　这是恣意妄为的结果。你们注意没有，

　　　　　闻知克拉伦斯的死讯，

　　　　　王后的奸党是如何面色惨白？

　　　　　啊，他们依然在教唆国王！

　　　　　上帝将会惩罚他们。来吧，大人们，

　　　　　我们一起去抚慰爱德华国王。

白金汉　我等乐于奉陪。　　　　　　　　　　众人下

1　原文为 defaced the precious image of our dear Redeemer，其中含有《圣经·旧约》中关于上帝造人的故事，若直译为"毁坏了我们亲爱的救世主的宝贵形象"，则在行文表达方面与上下文不合，故此处意译。——译者附注

第二场　/　景同前

年迈的约克公爵夫人与克拉伦斯的儿女上

男孩	好心的祖母，告诉我们吧，我们的父亲死了吗？
约克公爵夫人	没有，孩子。
女孩	那您为什么经常捶胸悲泣， 哭喊"克拉伦斯，我苦命的儿呀"？
男孩	如果我们尊贵的父亲还活着， 你为什么看着我们，摇着头， 称我们为孤儿、可怜的弃儿？
约克公爵夫人	我的好乖乖，你们两个误会了我。 我是在为国王的病而忧伤， 担心会失去他，而不是为你们父亲的死而悲戚。 若人已去世，悲也没用。
男孩	那么您已经断定，我的祖母，他已死了。 国王，我的伯父，难辞其咎。 上帝会为此复仇的， 我将用虔诚的祈祷促成此事。
女孩	我也是。
约克公爵夫人	安静，孩子们，安静。国王也深爱你们。 涉世未深的傻孩子呀， 你们的父亲因何而死，你们哪能猜到。
男孩	祖母，我们知道的，因为我的好叔父格洛斯特 告诉我，是国王受王后教唆 诬陷我父亲，将其下狱；

当我叔父告诉我时，他流着眼泪，

示以同情，亲吻我的面颊，

让我依赖于他，如同依赖我的父亲，

他也待我如其亲儿。

约克公爵夫人 啊，骗子居然盗取如此温良的嘴脸，

美德的面具下竟然深藏其奸！

他是我的儿子——是的，这正是我的耻辱所在。

但他的奸邪之性却并非由我的乳汁中吮取。

男孩 您认为我的叔父说谎了吗，祖母？

约克公爵夫人 是的，孩子。

男孩 我不这样认为。（幕内哀泣声）哈，什么声音？

王后披头散发上，里弗斯与多塞特随上

伊丽莎白王后 啊，谁还能阻止我哭喊，

不让我怨命，不许我自虐？

我已下定决心与黑暗的绝望联手，

做我自己的死对头。

约克公爵夫人 举止粗鲁，是何道理？

伊丽莎白王后 以示惨绝人寰。

爱德华，我的夫君、你的儿子、我们的君王，驾崩了。

树根已经没了，枝条怎会生长？

靠树根滋养的叶子怎不枯萎？

如果你想活着，哀悼吧；如果想死去，快点吧，

让我们展翅疾飞的灵魂去赶上国王的亡灵，

或者，像忠顺的臣子，去追随于他，

到他那幽冥空寂的崭新王国。

约克公爵夫人 啊，我与你同悲共悼，

因为你高贵的夫君就是我的爱子。

我也痛悼过自己的尊夫，

然后苟活人世，照看他的儿女。

而现在，映现出他的英武之貌的

两面镜子被邪恶的死神打碎，

我只有一面劣质的镜子¹聊以自慰，

在他身上，我看到自己的耻辱，愈加悲怆。

你虽已守寡，但你已为人母，

让儿女承欢膝下，以为慰藉。

但死神把我的丈夫从我怀中夺走，

还从我赢弱的手中，抢去了两根拐杖，

就是克拉伦斯和爱德华。啊，与我相比，

你的悲恸微乎其微，我更有理由大发悲声，

压过你的伤恸，淹没你的哭喊。

男孩　　　　　（对王后）啊，伯母，您没有为我们父亲的亡故而痛哭，

我们怎会为您流下同情之泪？

女孩　　　　　没人为我们的丧父之恸而凭吊。

（对王后）也没人为您的孀居之悲而号啕。

伊丽莎白王后　无须随我痛悼，

我并非欲哭无泪。

为了我的夫君，为了我亲爱的爱德华，

我的泪眼会开决滚滚泉流，

在主宰着潮汛的月下，

汇成泪海，淹没整个世界。

男孩和女孩　　啊，也为了我们的父亲大人，为了我们亲爱的克拉伦斯！

约克公爵夫人　啊，为了我的这两个亲生骨肉，爱德华和克拉伦斯！

1　指格洛斯特。

伊丽莎白王后	除了爱德华，我还能依靠何人？他却去了。
男孩和女孩	除了克拉伦斯，我们还能依靠何人？他却去了。
约克公爵夫人	除了他俩，我还能依靠何人？他俩却都去了。
伊丽莎白王后	守寡者从未有如此的丧夫之痛。
男孩和女孩	失怙者从未有如此的丧父之痛。
约克公爵夫人	为人母者也从未有如此的丧子之痛。
	啊，我是痛失二子之母呀！
	他们只有失去单亲之悲，而我是双子俱丧之痛啊。
	她为爱德华而泣，我也为其含悲，
	我为克拉伦斯而泣，却不见她为其垂泪；
	这两个孩子为克拉伦斯而泣，我也为其含悲，
	我为爱德华而泣，却不见他们为其垂泪。
	啊，你们三人哭一人，我却一人承受三人的哀伤呀，
	尽情挥泪吧！我会哀恸不已，
	陪你们哭个够。
多塞特	（对王后）请节哀，亲爱的母亲。您对上帝的
	作为缺乏感恩，会令其不满。
	在世人处事中，若有人向您慷慨相助，
	而您却不愿偿还，
	可被称为忘恩负义，
	若逆天行事，则罪过更甚，
	因为国王就是上天所赐，须适时召回。
里弗斯	夫人，作为一个思虑周全的母亲，
	您应该为您的儿子——年轻的王子——着想，
	直接把他接来即位。您生命的安宁系于他一身。
	把绝望的悲伤溺死在已故的爱德华墓中，
	把您的欢乐根植于活着的爱德华的王位上。

理查、白金汉、德比伯爵、海司丁斯与拉克立夫上

理查 （对王后）嫂嫂，且少安毋躁。我们所有的人

有理由为明星转黯而哭泣，

但哭泣已于事无补。——

母亲大人，我求您原谅，（跪地）

我刚才没有看到您在此。我谦卑地跪倒，

求您开恩赐福。

约克公爵夫人 上帝保佑你，并使你的心中

充满谦恭、仁爱、服从和耿耿忠心。（↓理查起身↓）

理查 （旁白）阿门。——让我做一个善终的好人。

母亲的祝福本应以此句结尾，

此处却漏掉了，这让我感到吃惊。

白金汉 眉头不展的亲王，忧郁伤心的贵胄，

你们共同承受着沉重的悲哀，

现在，在彼此友善中高兴起来吧。

虽然我们已享尽了国王所赐的福祉，

但我们还会在新君那里收获新的福报。

你们先前因结怨而生嫌隙，

近来刚刚有所弥合，

务必以和为贵，协力同心。

我觉得当下的善举，就是派几个人

赶往拉德洛[1]，将亲王迎至伦敦，

即位为君。

里弗斯 为什么仅派几个人，我的白金汉大人？

白金汉 我的大人呀，如果派去的人太多，

---

1 拉德洛（Ludlow）：位于什罗普郡，英格兰与威尔士交界处。

刚刚愈合的创口恐怕又要迸裂，
目前新君未立，局势不稳，
稍有不慎，危险万分。
当每一匹马都已脱缰，
无拘无束、恣意狂奔时，
凡是目前已显的或即将出现的危害，
以我之见，都要加以预防。

理查　我希望国王使我们所有人彼此讲和，
合约既定，我必定遵从不渝。

里弗斯　我也如此，我认为，我们大家都应如此。
然而，既然合约初立，就不要让它
有遭受破坏的可能，
若派去的人太多，就有可能毁约，
因此，我同意尊贵的白金汉大人的意见，
应派少数人迎立新君。

海司丁斯　我也同意。

理查　那么好吧，让我们决定
应该派谁速去拉德洛。
母亲，还有您，我的王后，
请你们为此事建言。　　　众人下。白金汉与理查留场

白金汉　我的大人，不管派谁去迎立新君，
看在上帝的分上，你我二人不可留在这里。
依照我们最近所谈的，
我要在途中见机行事，
不要让骄纵的王后党羽接近新君。

理查　我的手足之亲，我的智囊，
为我宣说神谕和预言福音的好兄弟，

我就像孩童一般接受你的指引。

向拉德洛进发吧，因为我们不得落后于人。　　　　　同下

第三场　／　第五景

伦敦一街道

市民甲上，立于一门边，市民乙上，立于另一门边

市民甲　　　早上好，邻居。急急忙忙到哪里去呀？

市民乙　　　说真的，我自己也没搞清楚。

　　　　　　　你听说外面的消息了吗？

市民甲　　　是的，国王驾崩了。

市民乙　　　天哪，这真是个坏消息。常言道，一代更比一代差，

　　　　　　　我担心，担心我们的世界要乱哪。

市民丙上

市民丙　　　邻居们，愿上帝保佑你们。

市民甲　　　早上好，先生。

市民丙　　　圣明之王爱德华驾崩了，这消息是真的吗？

市民乙　　　是的，先生，千真万确。愿上帝保佑我们。

市民丙　　　那么，先生们，等着看世道纷乱吧。

市民甲　　　不，不。上帝保佑，他的儿子会登基的。

市民丙　　　经上说，幼主当政，国之不祥。[1]

1　参见《圣经·传道书》(Ecclesiastes 10:16)，原文为 Woe to thee, O land, when thy king is a
　child。——译者附注

市民乙   我们希望他能顺利执政，
　　　　　　年幼时由他人辅佐，
　　　　　　成年时由自己亲政，
　　　　　　前后交接，顺顺当当，这是无疑的。

市民甲   亨利六世在巴黎加冕登基时
　　　　　　才九个月大，情形正是如此。

市民丙   情形如此？不，不，好朋友们，天晓得，
　　　　　　因为当时我们的国家
　　　　　　精英云集，幼王的叔父们
　　　　　　德高望重，为其护国摄政。

市民甲   啊，这个新君叔父舅父也很多。

市民丙   最好全由叔父们掌国摄政，
　　　　　　或者干脆一个叔父都没有。
　　　　　　若上帝不加预防，他们争宠专权，
　　　　　　会触及我等安危。
　　　　　　啊，格洛斯特公爵就是心腹大患，
　　　　　　王后的儿子和兄弟们也骄纵不法。
　　　　　　如果他们甘为臣下，而不觊觎尊位，
　　　　　　这个孱弱的国家还会像以前安泰。

市民甲   得了，得了，我们是多虑了。会万事大吉的。

市民丙   看见云起，智者加衣；
　　　　　　树叶坠地，寒冬进逼；
　　　　　　夕阳西下，黑夜即至；
　　　　　　暴雨失时，饥馑可期。
　　　　　　或许会万事大吉；但如果万事天定，
　　　　　　不劳我等静待预期。

市民乙   是的，人们满心惶恐。

	你想找一个恬然无忧者
	谈论此事，了不可得。
市民丙	国祚欲改，情形总是如此。
	凭借神启本能，人们总对将至的危险
	担惊受怕。根据经验
	暴雨将至水必涨。
	把一切交给上帝吧。你去哪里？
市民乙	哎呀，我们是去见法官的。[1]
市民丙	我也是。我们一起去吧。

众人下

第四场 / 第六景

伦敦，宫廷

约克大主教、小约克[2]、王后与公爵夫人上

约克大主教	我听说他们昨晚在斯托尼斯特拉特福[3]过夜，
	今夜在北安普敦留宿。
	明天，或者后天，他们就到这儿了。
约克公爵夫人	我真心渴望见到这位王储。
	我希望，与我上次见他时相比，他已长高许多。
伊丽莎白王后	但我听说他并没有长多高，他们说，

---

1 为何见法官，其中缘由全剧未说明。
2 指爱德华四世与伊丽莎白之次子约克公爵。——译者附注
3 斯托尼斯特拉特福（Stony Stratford）：位于白金汉郡。

	我的儿子约克几乎高过他了。
约克	是的，母亲，但我并不想如此。
约克公爵夫人	啊，我的乖孩子，长高是好事。
约克	祖母，一天晚上，我们正坐在餐桌旁用餐， 我的舅父里弗斯谈到，我比我的兄长 长得更高。"是的，"我的叔父格洛斯特说， "小花卉，真可爱，不及杂草长得快。" 从那以后，我就想，不能长得太快， 因为长得慢的是鲜花，长得快的是杂草。
约克公爵夫人	胡说，胡说，他自己都与这句格言不符， 他却拿来打趣于你。 他小的时候就可怜巴巴， 慢腾腾地怎么也长不大， 若说个矮德必高，他应该是有德之人才是。
约克大主教	他德高望重，这是无疑的，我尊贵的夫人。
约克公爵夫人	但愿如此，但是，作为他的母亲，我总是放心不下。
约克	说真的，如果当时我脑子转得快， 我会对我的叔父反唇相讥， 就像他嘲笑我一样，嘲笑他的身姿。
约克公爵夫人	我的小约克，你说说看。
约克	天哪，他们说我的叔父长得太快， 刚生下两个小时，就能啃面包[1]。 而我生下两年才长了一颗牙。 祖母呀，我这样一说可是辛辣的讽刺。
约克公爵夫人	我问你，好乖乖，这是谁告诉你的？

---

1 根据种种史料记载，理查刚降生时就牙齿齐全，人们认为这种反常现象是不祥之兆。

约克	祖母，是他的乳母说的。
约克公爵夫人	他的乳母？不对，你降生之前她就死了。
约克	如果不是她，我就不知是谁告诉我的了。
伊丽莎白王后	小机灵鬼，行了，你太损了。
约克公爵夫人	好心的夫人，不要跟小孩子生气。
伊丽莎白王后	小孩子耳朵灵，人小鬼大呀！

一信差上

约克大主教	来了一个信差，有什么消息吗？
信差	我的大人，有令人伤心的消息。
伊丽莎白王后	王储好吗？
信差	很好，夫人，而且身体康健。
约克公爵夫人	是什么消息？
信差	里弗斯大人和格雷大人，还有跟他们一起的
	托马斯·伏根大人，都已被逮捕，并被押往庞弗里特[1]。
约克公爵夫人	谁逮捕了他们？
信差	大权在握的格洛斯特公爵和白金汉公爵。
约克大主教	什么罪名？
信差	我知道的全说了。
	三位大人因何被捕，
	我不知道，尊贵的大人。
伊丽莎白王后	啊呀，我看得出，我的家族完了。
	老虎现已抓住了驯鹿，
	骄悍的权臣开始危及
	温良无辜的宝座。
	毁灭，喋血，杀戮，都来吧。

---

1 庞弗里特（Pomfret）：指庞蒂弗拉克特（Pontefract）城堡，位于约克郡。

　　　　　　　　　我洞若观火：一切全完了。

约克公爵夫人　　动荡纷扰的日子啊，

　　　　　　　　　我的眼睛已经看过了多少？

　　　　　　　　　我的丈夫为了王冠而殒命，

　　　　　　　　　我的儿子们几番沉浮，

　　　　　　　　　让我为了他们的得失而时笑时哭。

　　　　　　　　　王位之争过去了，国内动乱

　　　　　　　　　平息了，征服者内部

　　　　　　　　　又起内讧，兄弟反对兄弟，

　　　　　　　　　亲人反对亲人，自相残杀。

　　　　　　　　　啊，惨绝人寰的暴行，停止你的疯狂吧，

　　　　　　　　　否则让我死掉，因为我不想再看这凄惨的世道！

伊丽莎白王后　　（对约克）过来，过来，孩子，我们去圣堂避避难吧。——

　　　　　　　　　（对约克公爵夫人）夫人，再会。

约克公爵夫人　　等一下，我跟你们一起去。

伊丽莎白王后　　您不用去。

约克大主教　　我尊贵的夫人啊，去吧，

　　　　　　　　　把您的财宝也带去。

　　　　　　　　　就我而言，我把我保管的玉玺

　　　　　　　　　交付于您；我愿您同您的家人

　　　　　　　　　同我一样平安！

　　　　　　　　　走吧，我领你们到圣堂去。　　　　　　　众人下

第 三 幕

第一场 / 第七景

伦敦，具体地点不详，或在一街道上

号声齐鸣。年轻的王子爱德华、格洛斯特公爵理查、白金汉公爵、红衣主教及
余众上

白金汉	亲爱的王子，欢迎您来到伦敦，来到您的寝宫[1]。
理查	欢迎您，亲爱的侄子，主宰我心神的圣君，
	旅途漫漫，令您郁郁寡欢。
爱德华王子	不会的，叔父，但是途中的遭遇[2]
	使我兴味索然，心情沉重。
	我想要更多的叔父和舅父们来欢迎我。
理查	亲爱的王子，您天真无邪的年龄
	尚未领略人世的奸险。
	除了一个人的外表，
	您尚不能辨其忠奸，
	知面难知心——只有天晓得。
	您想见的叔父舅父们都是危险的：
	您听了他们蜜糖般的话语，
	却看不见他们心中的恶毒。
	愿上帝使您远离他们，远离这样的损友。

1 伦敦被称为 *camera regis*，此系拉丁语，意为"帝王寝宫"。
2 指里弗斯、伏根和格雷被捕之事。

爱德华王子	愿上帝使我远离损友，但是他们不是损友。
理查	王子殿下，伦敦市长前来拜见于您。

伦敦市长上

市长	上帝保佑王子殿下，愿您幸福安康。
爱德华王子	谢谢，善良的市长大人，也谢谢你们大家。——
	我原以为我的母亲和我的弟弟约克
	将会早早在路上迎接我们了。
	嗜，海司丁斯真懒，竟没来
	告知我们他们是否会来。

海司丁斯上

白金汉	碰巧，这位大人汗流满面地赶来了。
爱德华王子	欢迎你，大人。怎么，我的母亲来吗？
海司丁斯	天晓得，不知何故，
	您的王后母亲和弟弟约克
	已去了圣堂避难。那位温良的王子
	很想与我一同来迎候殿下，
	但被他的母亲死死拦住。
白金汉	呸，她的这种行径
	是多么荒悖无礼！——红衣主教大人，
	可否请您去劝说王后让约克公爵
	立刻到他的王兄这里来？——
	如果她拒绝了，海司丁斯大人，你与他一同去，
	从她猜忌的怀中，把他抢夺出来。
红衣主教	我的白金汉大人，如果我笨拙的言辞
	能把约克公爵从其母怀中夺走，
	他会即刻来此。但若她不为
	软语相求所动，上帝禁止我们

闯入庇护圣地。
纵然把国土都给我，
我也不敢犯此大罪。

白金汉　你真是太顽固不化了，我的大人，
太拘泥迂腐，因循守旧。
用现在的规范来衡量，
捉拿他并不能算亵渎冒犯避难圣地。
对于所作所为值得圣堂保护的人，
还有那些头脑精明、要求得到庇护的人，
才会被允许到该处避难。
这两条对王子皆不适用，
因此，以我之见，王子不应前去避难。
那么，把无权寻求庇护的人从该地抓走，
不能说是破坏了圣堂的特权。
我常听说好多男子去寻求庇护，
但从未听说寻求庇护的孩子。

红衣主教　我的大人，您这一次左右了我的思想。——
来吧，海司丁斯大人，您愿意跟我同去吗？

海司丁斯　好的，大人。　　　　　　　*红衣主教与海司丁斯下*

爱德华王子　善良的大人们，你们要抓紧时间。——
我说，格洛斯特叔父，如果我的弟弟来了，
在加冕礼举行之前，我们该住在哪里呢？

理查　住在对于您的尊贵之体最合宜的地方。
如果我可以向您进言，一两天之内，
您可以在伦敦塔内休憩；
然后可如您所愿，住在最适合您
健康和消遣的地方。

爱德华王子	我不喜欢伦敦塔，随便换一个地方吧。——
	（对白金汉）那个地方是尤力乌斯·凯撒建造的吗，大人？
白金汉	是的，我尊贵的殿下，是他初建，
	此后，历代有所修缮。
爱德华王子	真是他建造的？是有记载可查，
	还是历代口传？
白金汉	是有记录在案的，我尊贵的殿下。
爱德华王子	但是，我说呀，我的大人，
	假如没有记录在案，我认为
	真相还是代代相传，
	直到世界的末日。
理查	（旁白）这么聪明，这么年轻！他们说肯定短命。
爱德华王子	你说什么，叔父？
理查	我说，没有文字记载，也能名垂千古。——
	（旁白）就像道德剧中的坏蛋，
	这样说可是一语双关。
爱德华王子	尤力乌斯·凯撒是一个历史名人。
	其武功令其文采熠熠生辉，
	其文采又使其武功千古不朽。
	死亡并未征服这位征服者，
	虽然他没活在世间，他却活在威名间。
	我要说的是，我的白金汉大人——
白金汉	是什么，我尊贵的殿下？
爱德华王子	如果我长大成人，
	我要再度赢回我们在法兰西的古老权益，
	否则就死为战士，就像我生而为王。
理查	（旁白）春日花开早，至夏当枯焦。

小约克、海司丁斯与红衣主教上

白金汉	看，正当其时，约克公爵来了。
爱德华王子	约克的理查，我尊贵的弟弟，你好吗？
约克	很好，我亲爱的王兄，我必须这样称呼您了。
爱德华王子	是的，弟弟，这令我伤心，也令你哀恸；
	我们的父王本来还会持有这一尊号，
	但近来驾崩之后，王者尊荣顿失。
理查	我的侄子，尊贵的约克公爵，你好吗？
约克	谢谢您，温良的叔父。啊，我的大人，
	您说过杂草长得快，
	我的哥哥、这位王子殿下可长得比我高多了。
理查	是高多了，我的公爵大人。
约克	因此，他是杂草喽？
理查	啊，我的好侄子，可不许这样说。
约克	那么你是更偏向于他喽？
理查	他可以凭王者之尊命令于我，
	但你可以用亲戚之情使唤于我。
约克	我求你，叔父，把你的短剑给我吧。
理查	我的短剑，小侄子？乐意奉送。
爱德华王子	怎么讨要别人的东西，弟弟？
约克	向我的好叔父讨要，我知道他会给的，
	不过是一件小玩意，他不会心痛的。
理查	我会给我侄子一个更大的礼物。
约克	更大的礼物？啊，你要送我一柄长剑了？
理查	对，温良的侄子，假如它足够轻的话。
约克	啊，我知道了，你只会送轻一些的礼物。
	如果太重，你就会说连乞丐也会拒绝。

理查	对阁下您来说，长剑重得无法佩带。
约克	即便很重，我也不放在心上。
理查	怎么，你要我的兵器吗，小爷？
约克	是的，这样我可以感谢你，就像你称呼我一样。
理查	怎么谢我？
约克	小小地谢耶。
爱德华王子	我的约克大人依然话中有话。
	叔父，您知道如何容忍于他。
约克	你的意思是对我容而不忍。——
	叔父，我的兄长既在嘲弄您，也在嘲弄我，
	因为我小得像一只猴子，
	他认为您应该容我坐在您的肩上。
白金汉	（旁白）他的话锋充满了多少机智！
	为了减少他对叔父的嘲弄，
	他对自己也多有贬损。
	难得他那么年轻，又那么机灵。
理查	我的大人，请你走吧？
	我和我的好兄弟白金汉大人
	去见你的母亲，请她
	在伦敦塔中迎候于你。
约克	哦，您要去伦敦塔吗，大人？
爱德华王子	我的护国公大人让我去。
约克	我在塔中将难以安眠。
理查	啊，你担心什么？
约克	我叔父克拉伦斯的厉鬼呀。
	我的祖母告诉我，他就是在那里被谋杀的。
爱德华王子	我不怕死去的叔父们。

理查	活着的也不怕，我希望。
爱德华王子	如果他们活着，我希望我无须害怕。
	好吧，大人，以沉重的心情
	怀念他们，我去伦敦塔吧。

仪仗号

爱德华王子、约克、海司丁斯与多塞特下。理查、白金汉与凯茨比留场

白金汉	你以为，我的大人，这个伶牙俐齿的小约克
	不是受了他狡猾母亲的教唆
	才对你加以嘲弄、出言不逊的？
理查	啊，这是无疑的。这是个危险的孩子，
	有胆有识，聪慧过人，
	从头至脚真像他的母亲。
白金汉	好吧，不说他们了。——到这边来，凯茨比。
	你曾经隆重立誓，要按我们的意愿行事，
	而且守口如瓶，绝不透露。
	你已经知道了我们路上谈论的事，
	你意下如何？让海司丁斯大人
	与我们同心协力，以便这位高贵的公爵
	登上这个著名海岛的王位，
	是不是一件容易的事？
凯茨比	因为他父亲的缘故，他很爱这个王子，
	所以劝他反戈一击，恐怕不易。
白金汉	那么你觉得斯坦利如何？他是否愿意？
凯茨比	海司丁斯干啥，他就随之干啥。
白金汉	那么好吧，就这么办了。去吧，温良的凯茨比，
	去对海司丁斯旁敲侧击，
	看他对我们的意图倾向如何，

并请他明天去伦敦塔

座谈登基加冕事宜。

如果你发现他愿意追随我们，

就对他再加鼓动，把我们的计划和盘托出。

如果他冷若冰霜，不愿搭理，

你也顺势迎合，中断该话题，

把他的态度汇报给我们，

因为我们明天要分头行动，

将会大大倚重于你。

理查	代我向斯坦利大人问好。告诉他，凯茨比，
	他的危险的死敌，
	明天要喋血庞弗里特城堡，
	转告我的这位大人，为了这一高兴的消息，
	让他再温柔地亲吻肖尔夫人吧。
白金汉	好心的凯茨比，去办好这桩差事吧。
凯茨比	两位好心的大人，我将全力以赴。
理查	在我们入睡前，凯茨比，我们能否听到你的消息？
凯茨比	会的，我的大人。
理查	在克罗斯比宫，你会找到我们两个。 *凯茨比下*
白金汉	现在，我的大人，如果我们发现海司丁斯大人
	不与我们同谋，我们应该如何？
理查	砍掉他的脑袋，此事不能游移。
	当我登基为王，你可以向我讨封，
	获取赫里福德伯爵封号，以及我的王兄
	拥有的一切动产。
白金汉	我定来向陛下请赏。
理查	看吧，我会很高兴地兑现我的诺言，

来呀，让我们吃些东西，然后，

我们安排一下行动事宜。　　　　　　　　　　　　　同下

第二场 / 第八景

海司丁斯府邸门外

一信差上，到海司丁斯府邸门前

信差　　　　大人，大人！

海司丁斯　　（幕内）谁在敲门？

信差　　　　我是从斯坦利大人那里来的。

海司丁斯　　（幕内）什么时候了？

信差　　　　四点了。

海司丁斯上

海司丁斯　　长夜漫漫，斯坦利大人近来寝席难安吗？

信差　　　　根据我要说的，好像是这样的。

　　　　　　首先，他要向大人致意。

海司丁斯　　然后呢？

信差　　　　然后告诉大人您，昨天晚上，

　　　　　　他梦见一头野猪撕掉了他的头盔。

　　　　　　他还说，有两处在开会，

　　　　　　在一处探讨的内容

　　　　　　会令您和他因参加另一处的会而伤心。

　　　　　　因此，他派我来向您请安，

您是否愿意即刻策马

同他火速北上，

以躲避他思虑的危险。

海司丁斯　去吧，伙计，回到你的主人那里去，

告诉他不要担心分头召开的会议。

他和我参加一处会议，

另一处有我的好友凯茨比，

一旦有风吹草动，

我们会立刻得知。

告诉他，他的恐惧都是空穴来风。

至于他的梦，我认为他是在犯傻，

竟然相信睡眠时的幻境。

野猪未追先逃跑，

这会挑逗野猪，本来它无意追赶，

也会向我们追来的。

去，让你的主人动身到我这里来，

然后我们一同到伦敦塔去，

在那里他会看到，野猪会对我们殷勤相待的。

信差　　我走了，大人，我会把您的话禀告于他。　　　　下

凯茨比上

凯茨比　早上好，我尊贵的大人。

海司丁斯　早上好，凯茨比。你起得很早啊。

什么消息，在我们这个乱套了的国度里，有什么消息？

凯茨比　这确实是个踉跄欲倒的世界，大人，

我相信，在理查加冠之前，

是不会站稳的。

海司丁斯　什么？加什么冠？你指的是王冠吗？

凯茨比	是的，好心的大人。
海司丁斯	在我看到王冠被错加到别人头上之前，
	我宁愿把我的脑袋从我肩膀上砍掉。
	不过据你猜测，他的确有这个意向吗?
凯茨比	是的，我以性命担保。他还希望
	您投靠于他，助他攫取此物，
	故而他把这个好消息告知于您，
	就在此日，您的敌人，
	王后的同党，必将死在庞弗里特。
海司丁斯	正是，听了这个消息，我并不哀伤，
	因为他们依然是我的仇敌。
	但是，如果让我站在理查一边，
	不让我主的后嗣继位，
	上帝明鉴，我宁死不为。
凯茨比	愿上帝让您永远存此正念。
海司丁斯	他们让我遭受君王之恨，
	我却能活着看见他们下场悲惨，
	此事足让我哂笑一年。
	好了，凯茨比，两周之内，
	我要出其不意地摆平几个家伙。
凯茨比	尊贵的大人，一点准备也无
	却突然死于非命，这可真是邪乎之事啊。
海司丁斯	啊，匪夷所思，匪夷所思! 这事就发生在
	里弗斯、伏根和格雷身上了，也会发生
	在别人身上，他们还以为自己
	跟你我一样安全——如你所知，

我们可是尊贵的理查和白金汉所宠爱的人。

凯茨比　他们两位都看重于您。——

（旁白）因为他们料定他的脑袋肯定不保[1]。

海司丁斯　我知道他们看重我，我也值得他们看重。

斯坦利勋爵上

（对德比）来呀，来呀，你刺野猪的矛呢，伙计？

你既然害怕野猪，为什么赤手空拳而来？

德比　大人，早上好。——早上好，凯茨比。

你们可以嘲弄于我，但以十字架起誓，

我不喜欢分头密谋。

海司丁斯　大人，我跟您一样爱惜生命，

容我声明，在我的岁月中，我从未

像现在一样珍视生命。

你想想，若非我确知我们处境安全，

我能像现在这样自鸣得意吗？

德比　庞弗里特的那几位大人，在从伦敦出发时，

款款而行，无忧无虑，

他们那时确实也无因由担忧；

但是，你也看到了风云突变。

变故突生，让我忧惧不已，

我向上帝祈求，希望这只是因为我胆小而生的无谓担心。

怎么，我们去伦敦塔吗？天色不早了。[2]

1　原文为 For they account his head upon the bridge。The bridge 指伦敦桥，是将犯叛国罪的囚犯的头颅示众的地方。直译为"因为他们认为他的头在桥上了"语意不清，故意译。——译者附注

2　本场开头时刚刚清晨四点。德比说天色不早或是隐喻自己的生命所剩无多了。

海司丁斯	好的，好的，跟您同去。大人，您知道吗？ 您说的那几位大人今天都被砍头了。
德比	说真的，宁可摘掉指控他们的人的官帽，[1] 也不该摘掉他们的脑袋。 好的，大人，我们走吧。

一从吏[2]上

海司丁斯	你们先走，我跟这个好弟兄谈谈。——　德比与凯茨比下 怎么样，老弟？你好吗？
从吏	承蒙大人垂问，好得很。
海司丁斯	我告诉你，伙计，我现在的情形 要比上次你在这儿遇见我时好得多。 上次我被王后的党羽所构陷， 要被关押到伦敦塔去。 但现在，我告诉你——不要外传—— 今天，我的那些仇敌要被处死， 与以往相比，我现在再好不过了。
从吏	愿上帝保佑阁下称心如意。
海司丁斯	多谢了，伙计。拿着，去买点酒喝，替我高兴高兴吧。 （将钱袋扔给从吏）
从吏	多谢大人。　　　　　　　　　　　　　　　　下

一神父上

神父	这真是巧遇，大人。很高兴见到您。
海司丁斯	谢谢你，约翰爵士，衷心感谢。

1　德比内心希望摘掉理查的官帽，自己当上护国公。
2　从吏（pursuivant）为政府部门的信差，有执行逮捕令的权力。

你上次为我布道，我还没谢你，

（对其耳语）下一个安息日再来，我好好款待你。

神父　　　乐于侍奉大人您。

白金汉上

白金汉　　怎么，跟神父讲话，宫内大臣？

您在庞弗里特的朋友们才需要神父哪，

大人您目前可没有什么要忏悔的。

海司丁斯　太对了，我一遇到这位圣者，

就想到您谈起的这几个人。

怎么，您也要去伦敦塔吗？

白金汉　　是的，大人，但我不能逗留太久。

我要先您一步离开那里。

海司丁斯　是的，很有可能，因为我要在那里用午餐。

白金汉　　（旁白）还要用晚餐呢，虽然你还不知道。——

好，我们走吧？

海司丁斯　乐于奉从大人您。　　　　　　　　　　众人下

第三场　/　第九景

约克郡，庞弗里特（庞蒂弗拉克特）城堡

理查·拉克立夫爵士率执戟武士上，押里弗斯、格雷与伏根到庞弗里特刑场

里弗斯　　理查·拉克立夫爵士，让我告诉你：

今天，你会看到一个臣子死去，

	为了真理，为了职分，为了忠诚。
格雷	上帝保佑王子免遭你们这伙人的伤害。
	你们这帮该下地狱的嗜血杀手！
伏根	总有一天，你们会为此痛悔不已。
拉克立夫	走吧。你们大限已到。
里弗斯	啊，庞弗里特，庞弗里特！啊，你这血腥的牢狱！
	多少显贵在此死于非命！
	在你充满罪恶的高墙之内，
	理查二世被碟首殒命，
	为了让你这阴幽的场所遭受更多的詈骂，
	我们把无辜的鲜血任你吮吸。
格雷	现在，玛格丽特的诅咒落到我们头上了，
	当理查杀害她的儿子时，海司丁斯、你和我
	却在袖手旁观，她因此对我们进行了诅咒。
里弗斯	她然后诅咒了理查，又诅咒了白金汉。
	然后又诅咒了海司丁斯。啊，上帝呀，
	你要记得她对他们的诅咒，正如现在对我们的诅咒；
	至于我的姐姐和她高贵的儿子们，
	上帝呀，请看在我们血亲的分上宽恕他们，
	你知道，我们注定要无辜喋血而亡。
拉克立夫	快点，行刑的时刻已到。
里弗斯	来吧，格雷，来吧，伏根，让我们相拥而别吧。
	别了，直到我们天堂再相会。 众人下

第四场 / 第十景

伦敦塔内会议室

白金汉、德比、海司丁斯、伊利主教、诺福克、拉克立夫、洛弗尔及余人上。

众人围坐在桌旁

海司丁斯	现在，各位尊贵的大人，我们之所以聚会，
	是要决定加冕之事。
	以上帝之名，请讲，加冕日定在哪天？
白金汉	万事俱备，只等加冕了吗？
德比	是的，只等确定日期了。
伊利主教	既然如此，我认为明天即是吉日。
白金汉	谁知道护国公对此作何打算？
	谁跟这位高贵的公爵最为亲近？
伊利主教	大人，我们认为您最懂他的心思。
白金汉	我们只是脸熟而已，至于我们的心，
	他知我的心，跟我知您的心，
	或我知他的心，或您知我的心差不多，大人。——
	海司丁斯大人，您跟他亲近一些。
海司丁斯	我知道他厚爱于我，我深表感谢。
	但是，他对于加冕的意向，
	我未向他征询，他也未表露
	他对此事的态度；
	但是，各位尊贵的大人，不妨选定日期，
	我可以代表公爵建言，
	料想他并无异议。

格洛斯特公爵理查上

伊利主教	巧得很，公爵自己来了。
理查	各位王亲贵胄，早上好。
	我睡过头了，但我相信，
	我的缺席并不妨碍
	决断重要的事体。
白金汉	如果您没有赶来，大人，
	海司丁斯大人会代替您的角色——
	我是指代您表态——为国王加冕之事。
理查	没有人会比海司丁斯大人更加自作主张，
	这位大人知我甚深，也深爱于我。——
	我的伊利大人，我上次在荷尔本的时候，
	在您家的园子里看到草莓长得不错，
	我恳求您送我一些。
伊利主教	啊，大人哪，我非常乐意奉送。 主教下
理查	白金汉兄长，跟您说句话。
	（二人旁白）对我们的事，凯茨比已经问过海司丁斯，
	发现这位急脾气的先生怒火填膺，
	他说，他宁愿失去脑袋，也不愿
	他主上之子——他就是如此恭敬措辞的——
	失掉英格兰王位。
白金汉	您稍待，我跟您一起走。 理查与白金汉下
德比	我们尚未确定加冕的日期。
	就我看来，明天太仓促，
	我自己都未准备妥当，
	如将日期推延，可保无虞。

伊利主教上

伊利主教	格洛斯特公爵大人在哪里？
	我已经着人把草莓送来了。
海司丁斯	公爵大人今早看起来怡然和婉，
	他兴致勃勃地向我们道早安，
	定有让他舒心之事。
	我认为在信仰基督的国度里，
	无人比他更能表露爱和恨，
	通过他的脸，你就能知道他的心。
德比	通过他今天展示的脸色，
	您窥知了他怎样的内心？
海司丁斯	呀，此处无人触犯于他，
	如果他受到触犯，他会假以辞色。

理查与白金汉上

理查	我恳求各位相告，有人用
	邪恶的巫术，阴谋置我死地，
	现已将可恶的符咒加诸我身，
	这种人该如何处置？
海司丁斯	我对大人您的敬爱，
	使我在各位亲贵面前大胆陈词，
	给凶犯判罪，不管他们是谁。
	照我说，大人，他们该被处死。
理查	那么让你们亲眼见证她们的罪恶吧。
	看我如何被施加巫术，（指胳膊）看哪，我的胳膊
	萎痹了，像烈风中的枯苗。
	这就是爱德华之妻，那个伤天害理的女巫，
	伙同那个淫邪的娼妇肖尔，
	用巫术把我弄成这个样子。

海司丁斯	如果她们做出如此勾当，我尊贵的大人——
理查	如果？你这个恶娼的庇护者——
	竟敢对我说什么"如果"？你这个叛贼。
	砍下他的头！现在，我以圣保罗之名起誓，
	我将不会进餐，直到我看到他人头落地。——
	洛弗尔，拉克立夫，你们来办这事。
	其他爱戴我的，起来，跟我走。

众人下。洛弗尔、拉克立夫与海司丁斯留场

海司丁斯	哀恸吧，为英格兰而哀恸！无须为我而悲伤，
	因为我太蠢，未能阻止这一切。
	斯坦利梦见野猪撕咬我们的头盔，
	我却讥笑于他，鄙视其逃走的建言。
	我的坐骑今天三次踉跄失蹄，
	看到伦敦塔的时候就开始惊嘶，
	似乎不愿将我送进屠场。
	啊，现在，我需要那个跟我交谈的神父
	听我忏悔；我不该得意洋洋地告诉
	那个从吏，说我的敌人
	今天将在庞弗里特被血腥屠杀，
	而我自己一切平安，荣耀无限。
	啊，玛格丽特，玛格丽特，你沉重的诅咒，
	现已落在可怜的海司丁斯悲惨的头颅上了！
拉克立夫	得了，得了，快去受死吧。公爵要用餐了。
	简短地做一个临终忏悔，他渴望看到你的脑袋。
海司丁斯	啊，我们追求俗世里瞬间的荣华，
	却未祈求上帝的恩典！
	谁要是把希望建立在人世的虚幻逢迎中，

那他活得就像桅杆上醉醺醺的水手，
一个瞌睡，便会一头栽入
致命的深渊。

洛弗尔 好了，好了，快去受死吧。多说无用。

海司丁斯 啊，嗜血的理查！悲惨的英国！
我向你们预告，惨绝人寰的
可怖时代已经来临。
来，领我上断头台，给他我的头颅。
他们现在嘲笑我，不久也一命呜呼。 众人下

第五场 / 第十一景

伦敦塔内

理查与白金汉身披烂甲，狼狈上

理查 喂，老兄，你能不能战栗失色，
话说半截就气喘吁吁？
然后吞吞吐吐，欲言又止，
好像因恐惧而癫狂？

白金汉 咄，我会模仿老练的悲剧演员，
说话时瞻前顾后，茫然四顾，
一有风吹草动，就惊吓发抖；
假装疑虑重重，惊恐万状，
如同假装发笑一样随意。

	为了让我的计谋完美无缺，
	两者在任何时候都收发随心。
	怎么，凯茨比去了吗？
理查	去了，看，他把市长带来了。

市长与凯茨比上

白金汉	市长大人——
理查	向吊桥那边看！
白金汉	哈，鼓声！
理查	凯茨比，看墙那边。
白金汉	市长大人，我们请您来的缘由是——
理查	当心后面，敌人来了。
白金汉	上帝保佑，我们是清白的，无所畏惧！

洛弗尔与拉克立夫捧海司丁斯之头上

理查	镇静，他们是友非敌：拉克立夫和洛弗尔。
洛弗尔	这是那个可耻叛徒、
	危险而道貌岸然的海司丁斯的首级。
理查	我对那个人喜爱至深，让我为他哭泣吧。
	在世间的基督徒中，我认为
	他最坦诚，最不会害人，
	我把他当作我的记事簿，
	把心中的隐秘全记在上面了。
	他用美德装潢了他的罪恶，
	除开他那桩众所周知的败行——
	我指的是他跟肖尔之妻通奸——
	他的恶行居然从未遭人怀疑过。
白金汉	好了，好了，他是人世间
	最善于伪装的逆贼。

若不是老天垂怜，让我活着

将此事告知，各位定然料想不到，

甚至无法相信，这个狡诈的叛贼竟密谋，

就在今天，在我们开会的房间，

来谋杀我和善良的格洛斯特大人。

市长 　他如此行动了吗？

理查 　什么？你认为我们是土耳其人[1]或异教徒吗？

我们不顾法律程序，

将这个恶棍火速处死，

我们被迫取其性命，

不正是因为危急关头，

事关英格兰的和平和我们自身安危吗？

市长 　恭喜两位大难不死！他理应处死，

两位大人处置得当，

可警告奸贼们勿步其后尘。

白金汉 　自从他勾搭上了肖尔夫人，

我就料到他会坏事做尽。

然而，我们本来决定，等您亲临现场

再布置行刑，将其处死，

但因我们的朋友心急，

提早动手，违背了我们的初衷；

因为，我的大人，我想让您亲耳听到

这个叛贼招供，抖颤着承认

他悖逆的方式和图谋，

从而您可以将处置的缘由

1　意为不信仰基督教的野蛮人。

晓谕市民，以免他们认为
我们是谋害于他，而为他鸣冤叫屈。

市长　　但是，我好心的大人，聆听了大人您的话，
我如同亲眼所见，亲耳听到了他的招供；
请两位正直尊贵的大人勿有疑虑，
我一定会将两位大人对此案的公正处置
晓谕我们恭顺的市民。

理查　　我们为此希望您亲临现场，
以免众口讻讻，指责非难。

白金汉　较之我们的预期，你来得太迟，
但通过你听到的，你依然为我们的举动做见证，
既如此，我好心的市长大人，我们再会吧。　　市长下

理查　　去，跟上他，跟他去，白金汉老兄。
火速跟市长到市政厅去，
在那里，寻找最佳时机，
透露爱德华的孩子们都是私生子；
告诉他们，爱德华处死了一个市民，
只是为了他说想让他的儿子
继承王冠，他所指的"王冠"，
实际上是他绘有王冠标识的房产。
而且，要将他可憎的淫欲大肆渲染，
说他禽兽般纵欲无度，朝三暮四，
瞪着暴怒的眼，存着狂野的心，
一旦起了意就定然要捕猎到手，
肆无忌惮，淫遍了仆从妻女。
不，如果有必要，还可以涉及我本人，
告诉他们，当我母亲怀着

　　　　　　　淫欲无餍的爱德华的时候，我的父王，

　　　　　　　尊贵的约克，正在法兰西作战，

　　　　　　　通过精确地核算时日，

　　　　　　　发现这小子并非他的骨血——

　　　　　　　通过他的体态相貌明显可以看出，

　　　　　　　他一点都不像我父亲，尊贵的公爵。

　　　　　　　不过，这一点要轻描淡写地提及，

　　　　　　　因为，大人哪，你知道我母亲还活着呢。

白金汉　　　无须疑虑，我的大人，我将逞口舌之利，滔滔雄辩，

　　　　　　　似乎我为之激辩的那个天赐金冠

　　　　　　　是为我而设一般。既然如此，我的大人，再会。

理查　　　　如果你已得手，就把他们带至贝纳德城堡[1]，

　　　　　　　在那里，你会发现诸多

　　　　　　　可敬的神父和博学的主教正在陪伴着我。

白金汉　　　我去了。三四点钟时，

　　　　　　　请等着市政厅那边的消息。　　　　　　　　白金汉下

理查　　　　洛弗尔，火速去找萧博士。——

　　　　　　　（对凯茨比或拉克立夫）你去找修道士彭葛[2]。

　　　　　　　让他们两个一小时内在贝纳德城堡见我。

　　　　　　　　　　　　　　　　　　　　　　除理查外众人下

　　　　　　　现在，我要去秘密地布置，

　　　　　　　让克拉伦斯的几个孽子消失，

　　　　　　　并下令，不许任何人

　　　　　　　在任何时候与其谋面。　　　　　　　　　　　　下

1　贝纳德城堡（Baynard's Castle）：约克公爵夫人在伦敦的府邸，坐落在黑衣修士修道院附近
　　的泰晤士河畔。
2　萧博士和彭葛是支持理查的两个神职人员。

第六场   /   第十二景

伦敦

一文书上

文书　　　　这是善良的海司丁斯大人的控状，（展示文牍）

誊写得工整、规范而清楚，

今天将在圣保罗大教堂宣读。

请注意紧密衔接的前因后果，

凯茨比昨晚把它交付于我，

我花了十一个小时才抄好，

原稿的撰写也用了大致相同的时间。

然而，就在五个小时之前，海司丁斯还活着，

并未受到指控和审讯，依然自在逍遥。

这是一个多好的世界！谁这样愚不可及，

竟然看不透其中的诡计？

而谁又胆大妄为，敢说破其中的底细？

世界已变坏，万事将破败，

恶事只存心，切莫说出来。

下

第七场 / 第十三景

伦敦，贝纳德城堡

理查与白金汉从两门分上

理查　　　如何？现在情况如何？市民们说什么？

白金汉　　现在，看在圣母分上，

　　　　　　市民们保持缄默，一声不吭。

理查　　　你说过爱德华的孩子们是私生子了吗？

白金汉　　说了，还提到了他和露西夫人的婚约，

　　　　　　以及由他人在法兰西代签的婚约[1]，

　　　　　　我还提到了他的淫欲无度，

　　　　　　他强暴市民之妻，

　　　　　　他草菅人命，以及他原属野合私生，

　　　　　　您母亲怀他之时，您父亲却在法国，

　　　　　　他的相貌，一点也不肖其父。

　　　　　　同时我还指出，

　　　　　　无论在形体，还是高贵的胸襟，

　　　　　　您才逼肖您的父亲。

　　　　　　我还描述了您在苏格兰的场场胜利，

　　　　　　说您战时纪律严明，平时英明睿智，

　　　　　　说起了您的仁厚谦恭、中正不偏的美德。

　　　　　　的确，在我的谈话中，凡是对您心思的事，

1　在《亨利六世》下篇第三幕第三场，沃里克伯爵作为爱德华的代表赴法兰西，与法兰西国王
　的妻妹缔结婚约。当听到爱德华突然娶了伊丽莎白为妻的消息时，他和法王义愤填膺，认为
　受到了侮辱。

没有一件不被提及，没有一件草草了事。
当我致辞将毕，
我吁求他们，凡是关爱国家利益的，
要高呼"上帝保佑理查，英国之王！"

理查　　　他们喊了吗？

白金汉　　　没有，上帝呀，他们竟一语不发，
如一尊尊哑巴塑像，或会喘气的石头，
面面相觑，神色死灰。
看到这种情形，我就斥责他们，
我问市长，蓄意沉默，究竟何意？
他答道，人们除了听市政官训话外，
尚不习惯听公众演说。
然后我强令他重述我说过的话：
"正如公爵所说，正如公爵所示"——
没有一个字涉及他自己。
当他讲完之后，我自己的几个随从
在大厅的前面将帽子扔起，
十几个人在呼喊："上帝保佑理查王！"
趁此机会，我又说：
"谢谢各位市民和好友，
各位的一致鼓掌和欢呼，
表达了各位的明智和对理查的爱戴。"
然后，我便结束会议返回了。

理查　　　这帮笨蛋没舌头吗？他们不说话吗？
市长和他的同僚们会来吗？

白金汉　　　市长马上就到。您要故作威严，
若非坚请，勿与交谈。

　　　　　　　您手中务必要持一本祈祷书，

　　　　　　　站在两位神父之间，好，我的大人，

　　　　　　　这样我才好冠冕堂皇唱一首圣歌。

　　　　　　　不要轻易答应我们的要求。

　　　　　　　像少女那样：嘴上总是说不，实则一直在干。

理查　　　我去了。如果你代他们请求，

　　　　　　　而我偏对你说不，

　　　　　　　无疑我们就会大功告成，皆大欢喜。

白金汉　　快，快去，到屋顶平台那儿去。市长在敲门呢。　理查下

市长与市民们上

　　　　　　　欢迎，我的大人。我在此恭候，

　　　　　　　我想公爵不愿意表态呢。

凯茨比上

　　　　　　　喂，凯茨比，你的主上对我们的请求怎么说？

凯茨比　　他恳求阁下，我尊贵的大人，

　　　　　　　明天或者后天再来见他。

　　　　　　　他在里面，跟两位正直可敬的神父在一起，

　　　　　　　正在冥思祈祷，

　　　　　　　不愿被俗事牵涉，

　　　　　　　而打扰他的圣修。

白金汉　　回去，好心的凯茨比，禀告尊贵的公爵，

　　　　　　　说我自己、市长和议员们，

　　　　　　　有非常重要的、

　　　　　　　涉及邦国之计的事务，

　　　　　　　要来和他会谈。

凯茨比　　我即刻禀告。　　　　　　　　　　　　　　下

白金汉　　哈哈，我的大人，这位亲王与爱德华不同！

他没有在床上寻欢作乐，
而是跪在那里虔诚冥思；
没有与成对的宫娥倒凤颠鸾，
却跟两位博学的神父潜修冥想；
没有在酣睡中心广体胖，
而是在祈祷，丰富他聪敏的心灵。
如果这位有德的亲王即位为君，
将是英格兰的福分，
但我怕我们无法向他劝进。

市长　　　　啊，上帝呀，不要让殿下拒绝我们！
白金汉　　　我担心他会的。——凯茨比出来了。
凯茨比上

　　　　　　喂，凯茨比，公爵大人怎么说？
凯茨比　　　他想知道，您纠集一大帮市民
　　　　　　来见他，究竟何意？
　　　　　　因为他事先没被告知，
　　　　　　他担心，我的大人，你们会对他并无善意。
白金汉　　　我亲爱的老兄竟怀疑我
　　　　　　要加害于他，我很难过。
　　　　　　老天做证，我们来完全是出于对他的爱戴，
　　　　　　请再进去禀告于他。　　　　　　　　　　　凯茨比下
　　　　　　圣徒一旦潜心诵经祈祷，
　　　　　　让其分心实属不易，
　　　　　　虔诚的冥思是多么美妙啊。
理查自高台上，两位神父分列其左右。凯茨比随上
市长　　　　看，亲王殿下站在两位神父之间。
白金汉　　　两个有德之士，支持着这位信仰基督教的王子，

使他免于向虚荣中沉沦。
看，他手中拿着一本祈祷书，
这是虔信者的最佳装饰。——
普朗塔热内的显赫后嗣，最尊贵的王子，
请您倾听我们的祈求，
并宽恕我们打断了
您作为真正基督徒的圣修。

理查　　大人无须道歉，
我恳请您原谅我，
因潜心礼拜上帝，
轻慢了来访的朋友。
啊，不说这些了，阁下有何指教？

白金汉　　只有一件事，我希望这件事既取悦上帝，
又取悦这个疏于治理的海岛上所有的善良人。

理查　　我疑心我做了不苟之事，
令这个城市蒙羞侧目，
所以你们才来指责我的无知。

白金汉　　是的，我的大人，所以请您
接受我们的恳求，改正您的过错。

理查　　有过则改，否则我为何生在基督教的国度？

白金汉　　那么您要知道，您的过错是：您把
至尊的宝座、庄严的王位、
祖辈传下的权杖、
命运赐予您的地位、您与生俱来的权利
以及您的王族世袭的尊荣，
任由一个无德的旁支去败坏；
而此时，您却在温柔乡里恬然安睡，

我等为了国家利益将您唤醒，
这个高贵的岛国已经不成体统：
他的脸已被恶名玷污得惨不忍睹，
他的皇室的根基被接上了卑贱的蘗枝 [1]，
几乎被推至黑沉沉的深渊，
遭人遗忘，万劫不复。
为疗救时弊，我等诚心恳求
殿下您荣登王位，
君临天下，重整河山——
而不是摄政、管家或代办，
也不是为他人奔忙的小喽啰；
而是为了王室血脉的承传，
为了您与生俱来的权利，为了您的王权，为了您自己。
为了这一切，我联合了众市民、
对您无比敬仰和爱戴的朋友，
经他们热烈鼓动，
前来劝进，请您名正言顺承大业。

理查　我不知是默然离去，
还是对你们的言辞加以斥责，
才能最符合我的身份与你们的体面。
如果不回答，你们或许认为
那是无语的野心，不作答，就是
默许要戴那个束缚人的王冠，
你们正不明智地将其加诸我身。

1　"蘗枝"的原文是 ignoble plant，其中 plant 一词与 Plantagenet（普朗塔热内，又译"金雀
花"，为英国王族）双关。

而你们此举是对我的衷心爱戴，
如果为了此事而责备你们，
从另一方面说，就是斥责朋友了。
因此，我要说话，避免前一误会，
而在说话时，又不招致后一曲解，
因此，我只能明确表态：
你们的爱戴应得到我的感谢，但我德薄才寡，
不能答应你们的请求。
首先，纵然所有障碍皆已铲除，
王道坦坦任我行，
名正言顺承大统，
怎奈我德能不济，
且大过甚多，
我宁愿远遁而避至尊之位——
如同一叶小舟不敢驶入大海——
而不是深陷尊荣权位之中，
在荣耀的迷雾里遭到窒息。
但是，感谢上帝，目前不需要我，
即便需要，我也帮不了你们多少。
帝王之树已经结下帝王之果，
岁月流逝，到时则成熟，
自会荣登王位，安邦治国，
无疑会使我们安乐富足。
你们属意于我，我却属意于他，
他的权柄，他的福祉，皆由天授，
上帝不许我从他身上攫取！

白金汉　　我的大人，这一切说明了您的仁慈宽厚，

但如果将所有事体详加考虑，
就可看出，您顾及的只是细枝末节。
您说爱德华是您兄长的儿子，
我们也如此说，但他并不出自爱德华的妻，
因为他先和露西夫人有婚约——
您的健在的母亲可为此做证——
后来，又遣使者去法兰西，
与法王的妻妹波娜订婚。
这两桩婚事皆未成，而一个可怜的请愿者，
一个受多子拖累的母亲，
一个色已衰、命多舛的寡妇，
在落日黄花、风华已过之际，
卖弄风情，勾住了他那双色眯眯的眼，
引逗着权高位尊的他，
堕落沉沦，无耻重婚。
在野合般的床笫交欢中，生下了
这个爱德华，出于礼貌，我们称他为王子。
我本可以说得更刻薄一些，
但顾及某些活着的人的脸面，
我只好缄口留情了。
那么，我好心的大人，
随我等所愿，即位为君吧。
即便不是为了我等和国家的福祉，
也要从这个错乱颠倒的时代中
理清您高贵的王族名分，
名正言顺，克承君位。

市长　（对理查）我好心的大人，随民所愿吧！

白金汉	英明盖世的大人，不要回绝民众的拥戴。
凯茨比	啊，顺应民望，答应他们合法的请求吧！
理查	哎呀，你们为何将千斤重担压我身？
	我不适合为君掌国。
	我恳求你们，请勿责怪，
	我不会如你等所请，断不为君。
白金汉	如果您拒绝，——出于拥戴和忠心，
	不肯废黜您兄长的儿子，
	我们知道您宅心仁厚，
	温良慈爱，宽容恻隐，
	从您对待亲族内外，各色人等，
	我们都有目共睹——
	但您要知道，不管您接受我们的请求与否，
	您兄长的儿子都再也不能即位为君，
	我们将扶植他人登上王位，
	让您的家族受辱溃败。
	我等此意已决，就此告辞。——
	走，市民们，我们再也不要恳求了。　白金汉与众市民下
凯茨比	召回他们，尊贵的王子啊，接受他们的请求吧。
	如果您再拒绝，全国都要痛心。
理查	你也要迫使我接受这殚精竭虑的重负？
	召回他们吧。我不是石人土偶，
	所以禁不住你们好意劝谏，
	不得已，只好违背我的初衷。

白金汉及余上

　　　　　　白金汉老兄，诸位贤明之士，

　　　　　　既然你们不管我首肯与否，

硬将大任加诸我身，
我也只好无怨无悔地担承；
但如果你们逼我即位
引来恶意诋毁和犯颜挞伐，
这都是你们逼迫所致，
我不应为此承担罪责；
因为上帝知道，你们或许也看得到，
你们的作为，远远非我所愿。

市长　　　上帝保佑您！我们看到了，也会告诉他人。

理查　　　如此说来，你们不过将真相说出而已。

白金汉　　那么，我要以王者的尊号向您欢呼：
　　　　　理查王万岁！英格兰圣君！

众人　　　阿门。

白金汉　　如您愿意，明天加冕如何？

理查　　　如果你们愿意，就随意而为即可。

白金汉　　那么，我们明天将来侍奉陛下。
　　　　　现在，让我等皆大欢喜地告辞离去。

理查　　　（对二主教）来，让我们再去礼拜。——
　　　　　再会，兄弟们；再会，温良的朋友们。　　　　众人下

第四幕

第一场 / 第十四景

伦敦塔外

伊丽莎白王后、格洛斯特公爵夫人安妮¹携一女、约克公爵夫人与多塞特侯爵上

约克公爵夫人　谁在这里迎接我们？是我孙女普朗塔热内

由她的好婶母格洛斯特牵手而来吗？

现在，她肯定正漫步走向伦敦塔，

出于至诚之爱，要去拜望年轻的王子。

儿媳，又见面了，你好吗？

安妮　愿上帝保佑

两位夫人幸福欢乐。

伊丽莎白王后　你也如此，好心的弟媳，你去哪里？

安妮　不过是去伦敦塔，我想，

出于跟您二位同样真诚的意愿，

去看望那里的年轻王子。

伊丽莎白王后　善良的弟媳，多谢了。我们一起进去吧。

卫队长勃莱肯伯雷上

正好，卫队长来了。

卫队长大人，请问，

王子和我的小儿子约克好吗？

1　即安妮夫人，在第一幕第二场理查向她求爱后嫁给了理查，成为格洛斯特公爵夫人。

勃莱肯伯雷	很好的，亲爱的夫人。请见谅，
	我不可让您去看他们，
	国王严令禁止探访。
伊丽莎白王后	国王？是哪个？
勃莱肯伯雷	我指的是护国公大人。
伊丽莎白王后	上帝护佑，不要让他僭称王号！
	他要设置壁障，隔绝我们母子之爱吗？
	我是他们的母亲，看谁能不让我去见他们？
约克公爵夫人	我是他们的祖母，我要去见他们。
安妮	我是他们的婶婶，但与他们情同母子，
	带我去见他们。我替你担责，
	不会连累于你，一切有我。
勃莱肯伯雷	不，夫人，不要这样；我已发誓，
	务必恪尽职守，因此恳请见谅。

斯坦利上

下

德比	如果一小时后见到各位夫人，
	我就要恭喜约克公爵夫人您，
	将会亲眼目睹，有两位儿媳王后了。——
	（对安妮）来吧，夫人，您必须马上到威斯敏斯特去，
	在那里加冕成为理查的王后。
伊丽莎白王后	啊，割断我胸衣的系带吧 [1]，
	好让我窒息的心有地方跳动，
	否则这个致命的消息会令我昏厥！
安妮	残酷的凶讯！啊，揪心的噩耗！
多塞特	不要着急。母亲，您感觉如何？

---

1 当时女性昏厥急救时，往往先割断胸衣的系带，故作此言。

伊丽莎白王后	啊，多塞特，别跟我说话，快离开！ 死亡和毁灭像狗一样尾随着你的脚跟。 你母亲的名字对孩子们是不祥的。 如果你想求得生路，就漂洋过海， 投奔里士满，远离地狱的魔爪。 去呀你，赶紧去，赶紧逃离这个屠宰场， 以免你也死于非命， 让我死于玛格丽特应验的诅咒吧， 非母非妻，也非英格兰的尊贵王后。
德比	夫人所见，睿智非凡。—— （对多塞特）抓紧时间，切勿拖延。 我会替你给我儿子去封信， 让他在半道迎接你。 不要拖延误事，突遭拘捕。
约克公爵夫人	啊，悲风阵阵，散播不幸！ 啊，我这可恨的子宫、死亡的苗床！ 给世人孵化出了一条蛇妖， 眼光乍闪，取人性命。
德比	（对安妮）走吧，夫人，走吧；我乃匆匆衔命而来。
安妮	而我将是万不情愿而去。 我祈求上帝，让那 套在我额头上的金冠 化作炽热的铁箍，灼烧我的脑浆吧！ 愿我涂的膏油是致命的毒药[1]， 在人们喊"上帝保佑王后"前死去！

---

1 按照加冕礼的要求，要在王后身上涂抹圣油。

伊丽莎白王后	去吧，去吧，可怜的人儿，我不艳羡你的荣光。
	希望你平安无虞，足令我心安理得。
安妮	不艳羡？好极了！在我为亨利扶棺送灵的时候，
	他，我现在的丈夫，来至我身边，
	当时他尚未从他的手上洗掉
	从我天使般的前夫身上流出的血，
	而那时，我哭泣追随着我心爱的圣者——
	啊，我说，当我看到理查的脸，
	我发下誓愿说："愿你万劫不复，
	因为你把年轻的我，变成了如此衰朽的寡妇！
	当你成婚时，让悲伤萦绕在你的床际；
	愿你的妻子——如果有人迷了心窍嫁你的话——
	因为你的生命而苦不堪言，
	远胜于你因杀我亲夫给我带来的苦痛！"
	唉，在我重复这咒语之前，
	在如此短的时间内，我这愚蠢的妇人之心
	竟被他的甜言蜜语所俘获，
	我自身竟然变成了我灵魂诅咒的对象，
	此事让我不得安宁，
	在他的床上，我从未有片时
	享受过黑甜的安眠，
	每每被他的噩梦惊醒。
	而且，他因我父亲沃里克之故痛恨于我，
	毫无疑问，他不久就会将我遗弃。
伊丽莎白王后	可怜的心肝，再会吧！你的抱怨让我同情。
安妮	在我的心里，我也同样为你伤心。
多塞特	再会，你这即将荣华加身的伤心人。

安妮	别了，你这荣华不再的可怜人。
约克公爵夫人	（对多塞特）你到里士满去，愿好运引导你。—— （对安妮）你到理查那里去，愿天使呵护你。—— （对伊丽莎白王后）你到避难圣堂去，愿善念充盈你心。—— 而我，就到坟墓去，让和平和安息跟我躺在一起。 我已经受了八十多年的忧患， 为一时欢愉，须经七天劫难。（她动身欲下）
伊丽莎白王后	请留步，跟我再回头看看伦敦塔吧。 古老的石块呀，怜悯这两个孩子吧， 疑忌把他们禁锢于你们的四墙之内， 对于可人的小娃子，这是个粗陋的摇篮， 对年轻的小王子，这是邋遢的保姆，年老而忧郁的玩伴。 请好好看顾我的孩子。 伤心人对石块来告辞。　　　　　　　　众人下

第二场 / 第十五景

伦敦，官廷

仪仗号。理查着加冕礼服上。白金汉、凯茨比、拉克立夫、洛弗尔、一侍童及余上。一国王宝座推至台前

理查	全体站开。——白金汉老兄。
白金汉	我尊贵的君王？
理查	把你的手给朕。（号声响起，理查登王座）

　　　　　　　（理查与白金汉旁白）由于你的建议和帮助，
　　　　　　　理查王已经高居宝座了。
　　　　　　　然而，朕拥有这些尊荣仅仅一天呢，
　　　　　　　还是永久享受下去？

白金汉　　　尊荣永在，王位永享！

理查　　　　啊，白金汉，现在我扮演试金石的角色，
　　　　　　　来试一下你是否确为真金，
　　　　　　　小爱德华还活着。你知道我要说什么了吧。

白金汉　　　请说，我心爱的主上。

理查　　　　哦，白金汉，朕说朕要为君。

白金汉　　　啊，您已经是了，我最尊贵的主上。

理查　　　　哈？朕是国王了吗？可问题是，爱德华还活着。

白金汉　　　真是的，一个尊贵的王子。

理查　　　　啊，此言差矣，
　　　　　　　爱德华竟然还活着——一个尊贵的王子，真是的。
　　　　　　　老兄，你一向不是这么笨，
　　　　　　　还要朕明说吗？朕希望这两个小杂种死去，
　　　　　　　而且希望把他们马上弄死。
　　　　　　　你意下如何？快说，别磨蹭。

白金汉　　　陛下乐意怎么干，就怎么干。

理查　　　　呸，呸，你整个一透心冰凉，你的善意已经冷冻。
　　　　　　　喂，我要他们死去，你是否同意？

白金汉　　　在我明确答复之前，亲爱的主上，
　　　　　　　给我片刻时间缓口气，
　　　　　　　我将即刻回奏。　　　　　　　　　　　　下

凯茨比　　　（旁白）国王发怒了，看，他在咬嘴唇。

理查　　　　我宁愿同缺心眼的傻瓜

和无城府的孩子说话，
也不想与察言观色之徒为伍。
野心勃勃的白金汉变得谨小慎微了。——
童儿！

侍童　（上前）我的主上？

理查　你知不知道有这样的人，
受金钱驱使，就会去秘密杀人？

侍童　我认识一个心怀不满的绅士，
生计艰难而自命不凡。
黄金会胜过二十位辩士，
毫无疑问，会让他无所不为。

理查　他叫什么名字？

侍童　我的主上，他叫提瑞尔。

理查　朕听说过此人。去，把他叫来，童儿。　　　　侍童下
那老谋深算的白金汉
已不再是我的亲信了。
长久以来，他一直侍奉于我毫无倦怠，
现在却要缓口气了吗？好，这样也好。

斯坦利上

怎么样？斯坦利大人，有什么消息？

德比　我亲爱的主上，我听说
多塞特侯爵投奔了里士满，
逃到了他居住的地方。（退至一旁）

理查　过来，凯茨比。到外面散布流言，
说朕的妻子安妮病危，
我要安排将其禁闭起来。
给我找个贫寒而可怜的绅士，

我要立刻把克拉伦斯的女儿嫁给他；

那小子[1]很傻，我不害怕他。

看哪，你在梦游吧？我再说一遍。去说

朕的王后安妮病危欲死，

此事对朕干系甚大，

一切危害于朕的事，须遏止于未萌。　　　　　　凯茨比下

朕必须娶兄长之女[2]为妻，

若不然朕王国的根基，如同玻璃般易碎。

谋杀她的兄弟们，然后娶她，

这不是稳妥之举！但朕已

血债累累，罪孽重重。

我眼中从来流不出同情的泪滴。

侍童带提瑞尔上

你叫提瑞尔吗？

提瑞尔　　詹姆斯·提瑞尔，您最驯良的子民。

理查　　真的是你？

提瑞尔　　（理查王与提瑞尔旁白）请您明鉴，我尊贵的主上。

理查　　你敢痛下决心，去杀掉朕的一个朋友吗？

提瑞尔　　请您下旨，

但我宁愿杀掉您的两个仇敌。

理查　　哇，说得好。两个宿敌，

两个扰乱得朕不得安眠的仇敌，

朕想派你去结果他们——

提瑞尔，我指的是伦敦塔中的那两个杂种。

1　指克拉伦斯之子。

2　指爱德华四世之女伊丽莎白。

提瑞尔	请让我顺顺当当地接近他们， 很快我会消除您对他们的恐惧。
理查	你唱出了甜美之乐。听好了，过来，提瑞尔， 带上这个凭证，去吧。（递过凭证）起来，附耳过来。 （耳语）情况就是这样，办妥了， 我就喜欢你，给你加官晋爵。
提瑞尔	我这就去办。　　　　　　　　　　提瑞尔随侍童下

白金汉上

白金汉	我的主上，我已考虑过 您向我提出的最后请求。
理查	好了，别提了。多塞特已投奔里士满。
白金汉	我听说了，主上。
理查	斯坦利[1]，他[2]是你妻与前夫所生之子，要当心哪。
白金汉	我的主上，您曾以您的名誉担保许下诺言， 要赏赐于我，我请您兑现诺言。 赫里福德伯爵的封邑及其动产 应该归我，这是您许诺过的。
理查	斯坦利，当心你妻子，如果她 给里士满传信，你难辞其咎。
白金汉	对于我正当的请求，主上作何答复？
理查	我想起来了，亨利六世 的确预言过，里士满将登基为王， 那时候里士满还是个少不更事的顽童。 他要是为王的话，或许——

---

1 国王故意冷落白金汉，只与斯坦利说话。——译者附注
2 指里士满。

白金汉	请您对我的要求给予答复吧。
理查	别来烦朕，朕现在没心情。　　　　　　　　　　　　　下
白金汉	怎么会是这样？我劳苦功高，
	他怎会以轻蔑为报？我让他为君，难道就是为此？
	啊，这让我想起了海司丁斯，赶紧走，
	去布雷克诺克 [1]，战战兢兢，以保此头！　　　　　　下

第三场　／　景同前

提瑞尔上

提瑞尔	暴虐而血腥的勾当已经得手，
	这场屠杀罪大恶极，
	惨绝人寰，国内罕见。
	戴登和福列司特是受我唆使
	去从事这场无情屠杀的人，
	虽然他们久谙杀人之道，恶狗般穷凶极恶，
	说起死者的惨状，
	也不由心软情伤，珠泪淋淋。
	"啊，"戴登说，"两个可爱的孩子就这样躺着。"
	"这样，这样，"福列司特说，"他们用
	白玉般光洁的臂膀相互拥抱。

1　布雷克诺克（Brecknock）：即威尔士的布雷肯（Brecon），白金汉宅邸所在地。

他们互相亲吻，红艳的嘴唇像一根茎上的
四瓣红玫瑰，在夏天绽放。
一本祈祷书在他们枕上放着，
这本书，"福列司特说，"几乎让我改了主意。
啊！作孽呀"——这个恶棍停下不说了。
这时戴登接着说："我们扼杀了
造物主创世纪以来所造的
最完美、最可爱的杰作。"
因此，这两人为良心所谴，悔恨不已。
他们伤恸难言，我就离开了二人，
来将这一消息告知血腥的国王。

理查上

他来了。——祝我主万安！

理查 好心的提瑞尔，有令朕开心的消息吗？

提瑞尔 如果把您交付的差事办了
就能让您开心，那么开心吧，
因为差已办妥。

理查 他们死时是你亲眼所见吗？

提瑞尔 是的，我的主上。

理查 埋掉了吗，温良的提瑞尔？

提瑞尔 是伦敦塔内的神父埋的。
但说实话，至于埋在哪里，我不知道。

理查 提瑞尔，晚饭后速来见朕，
把他们死的过程细细告知。
同时，你考虑一下朕会如何赏你，
定让你如愿以偿。
到时再会了。

提瑞尔	容在下告退。
理查	朕已将克拉伦斯之子秘密囚禁了，
	又将他的女儿嫁入寒门，
	爱德华的儿子们已经送上西天了，
	朕的妻子安妮也跟这世界永道晚安了。
	现在，朕知道在布列塔尼的里士满
	对朕兄长的女儿、年轻的伊丽莎白情有独钟，
	想通过联姻，堂而皇之地获取王位，
	我这就去找她，向她求婚，志在必得。

拉克立夫上

拉克立夫	我的主上！
理查	你猝然而进，有好消息还是坏消息？
拉克立夫	是坏消息，我的主上。毛顿逃到里士满那里去了，
	白金汉得到了强悍的威尔士人的支持，
	已经兴兵作乱，而且势力仍在增强。
理查	伊利与里士满联手，比之白金汉
	匆忙聚众作乱，要给朕招致更大的麻烦。
	来，朕知道，慌张的言语
	是愚钝的仆人，定然误事；
	遇事优柔，软塌塌，慢吞吞，必遭败绩。
	事不宜迟，让朕插上行动的翅膀，
	快如朱庇特的信差墨丘利[1]、君王的传令官！
	去，集结兵马，严阵以待。
	叛贼已兴兵，朕行动要快。

右上角：下

右下角：同下

---

1 朱庇特（Jove）是罗马神话中的主神。墨丘利（Mercury）为朱庇特的信差，以行动迅捷著称。

第四场 / 第十六景

具体地点不详，或在宫廷附近一地

年迈的玛格丽特王后上

玛格丽特王后　现在，荣华开始熟透了，

落入死亡的腐烂嘴巴。

我悄然潜藏在这个地方，

看着我的敌人们委顿衰亡。

我已见证了一幕可悲的开场，

现在要去法兰西，希望其结局

也注定同样凄苦、阴暗、悲怆。

离开吧，凄惨的玛格丽特。谁来了？

约克公爵夫人与伊丽莎白王后上

伊丽莎白王后　啊，我可怜的王子！啊，我年幼的娇儿！

我含苞待放的芳蕾，甜香初吐的鲜花！

如果你们年幼的灵魂还在空中飞荡，

尚未永坠无常，

那就展开轻盈的翅膀，在我身边飞旋，

听你们的母亲恸哭悲号吧！

玛格丽特王后　（旁白）在她身边飞旋，告诉她一报还一报

方才使得你们从年幼的清晨堕入了衰亡的黑夜。

约克公爵夫人　惨事如此繁多，已嘶哑了我的嗓音，

为悲怆所消磨的舌头，也僵硬无声。

　　　　　　　爱德华·普朗塔热内 [1] 呀，你为何把命丧？

玛格丽特王后　（旁白）普朗塔热内让普朗塔热内把命丧，

　　　　　　　爱德华让爱德华 [2] 血债血偿。

伊丽莎白王后　啊，上帝呀，你怎会把这温顺的羔羊舍弃，

　　　　　　　让恶狼将其吞噬，填充肚肠？

　　　　　　　您是何时酣睡，竟让此事发生？

玛格丽特王后　（旁白）是在圣明的亨利 [3] 驾崩，在我儿离世之时。

约克公爵夫人　死气沉沉的生活、视而不见的目光、

　　　　　　　形同鬼魅的可怜众生、悲惨的景象、

　　　　　　　世上的耻辱、苟延于世的行尸、

　　　　　　　沉闷岁月的概略与综述，

　　　　　　　都在英格兰的合法土地上平息一下你们的骚动吧，（坐下）

　　　　　　　这片国土因饱饮了无辜的鲜血而横暴不法！

伊丽莎白王后　啊，既然你 [4] 给了我一个忧戚的后位，

　　　　　　　那么再给我一座坟茔吧！

　　　　　　　我愿将我的骸骨埋藏其中，而不想遗留于人世。

　　　　　　　啊，除我之外，还有谁伤悼连连？

　　　　　　　（坐于约克公爵夫人身边）

玛格丽特王后　（上前）如果时日久远的忧伤最令人敬畏，

　　　　　　　我的忧伤才最是久远，

　　　　　　　没有任何伤心人堪与我比肩。

　　　　　　　如果伤心人可以同病相怜，（与两位王后同坐）

1　此处可指爱德华四世或其子。
2　此处两个爱德华或许指的是伊丽莎白之子和玛格丽特与亨利六世所生之子。
3　指亨利六世，玛格丽特的丈夫。
4　指大地。

　　　　我有一个爱德华[1]，后来被一个理查杀了；

　　　　我有一个夫君[2]，后来被一个理查杀了；

　　　　你有一个爱德华[3]，后来被一个理查杀了；

　　　　你有一个理查[4]，后来被另一个理查杀了。

约克公爵夫人　我也有一个理查[5]，是被你杀了；

　　　　我还有一个拉特兰[6]，被你帮着杀了。

玛格丽特王后　你还有一个克拉伦斯，被理查杀了。

　　　　从你狗窝般的子宫里爬出了

　　　　恶狗，把我们都追咬至死。

　　　　那只狗在睁开眼之前，就已长出了牙齿[7]，

　　　　来咬住温驯羊羔的喉咙，饮其鲜血，

　　　　是上帝精美作品的邪恶破坏者，[8]

　　　　让百姓肝肠寸断的暴君，

　　　　人世间天字号的独裁者。

　　　　你的子宫把他放出，他会一路追咬到我们的坟墓。

　　　　现在，这头嗜血的恶畜

　　　　又开始噬咬一母所生的同胞，

　　　　使她也跟别人一道哀哀悲泣！

1　玛格丽特与亨利六世所生之子，被理查、爱德华四世和克拉伦斯所杀。参见《亨利六世》下篇第五幕第五场。

2　指亨利六世，被理查所杀。参见《亨利六世》下篇第五幕第六场。

3　指伊丽莎白王后与爱德华四世所生的长子。

4　指伊丽莎白王后的次子小约克公爵。

5　指约克公爵，被玛格丽特王后和克利福德所杀。参见《亨利六世》下篇第一幕第四场。

6　指约克公爵夫人的幼子，为克利福德所杀。参见《亨利六世》下篇第一幕第三场。

7　理查刚出生时，口中就已长牙了。

8　即指理查是杀手，杀害上帝创造的生命。原文中的 defacer 一词或也暗示理查本人的容貌丑陋不堪。

啊，公正不偏的上帝呀，为此我该如何感谢你！

约克公爵夫人 啊，亨利的妻子，不要因我的惨恸而幸灾乐祸！

上帝为我做证，我也曾为你的痛苦而哭泣。

玛格丽特王后 请宽恕。我渴望复仇，

但现在所见之下，又颇感腻烦。

你的爱德华[1]死了，当初是他杀了我的爱德华[2]；

另一个爱德华[3]也死了，抵偿了我的爱德华；

年轻的约克是白搭上的，因为前两个

给你带来的伤恸难以匹敌我的丧亲巨恸。

你的克拉伦斯死了，是他搠杀了我的爱德华，

这场人间惨剧的旁观者们，

邪淫的海司丁斯，还有里弗斯、伏根和格雷，

皆死于非命，尘封于坟茔之中。

理查，这个地狱的黑暗使者，之所以苟活于世，

就是要代为索命，

然后将其送往地狱。但快了，快了，

他那凄惨而不值得可怜的结局即将到来。

大地开裂，地狱燃烧，魔鬼嚎叫，圣徒祈祷，

都让他速速一命归阴。

把他从世上开销吧，亲爱的上帝，我祈求你，

让我活下来，好说上一句："恶狗死了！"

伊丽莎白王后 啊，你的确预言过，总有一天，

我希望你帮我诅咒

---

1 指爱德华四世。

2 指玛格丽特与亨利六世所生之子。

3 指伊丽莎白王后与爱德华四世所生之长子。

那只肥硕的巨腹蜘蛛，那只丑恶的驼背蟾蜍！

玛格丽特王后　我当时把你称作我命运的虚饰，

我把你称作可怜的幻影、妆成的王后，

一个步我后尘的人，

一场悲剧中刻意媚众的开场白，

一个登高跌重的人，

一个因有两个乖巧孩子而受到命运嘲弄的母亲，

一个旧梦破灭的人，一面暴露在

危险射程内的旗帜；

一个尊荣的符号，一口气息，一个水泡；

一个台上凑数的、供人取乐的王后。

现在，你的丈夫呢？你的兄弟呢？

你的两个儿子呢？你的欢乐呢？

有谁再来求你，跪在你面前，高呼"上帝保佑王后"？

那些卑躬屈膝、向你献媚的贵族们在哪里？

那些前呼后应、追随于你的喽啰们在哪里？

回顾所有的往事，再看你现在的境况：

你不再是一个幸福的妻子，而是一个凄惨的寡妇；

你不再是一个快乐的母亲，

而是一个徒有其名、哭号不已的女人；

你不再为人所求，而是低三下四有求于人；

你不再是一个王后，而是一个忧烦缠身的可怜虫；

你不再轻蔑于我，而是被我所轻蔑；

你不再令所有人畏惧，而是一个畏惧他人的人；

你不再对所有人发号施令，而是一个谁都指使不动的人。

天道循环，毫厘不爽，

时机已到，要你遭殃；

除了想想你的过去，你已一无所有，
比之目前处境，更加摧折难耐。
你侵夺了我的尊位，难道你不该
体味一下我的忧伤？
现在，你骄傲的脖颈已负载起我一半的重轭，
在此，我把疲惫的头从轭中滑出，
把整副重担留给你。
约克的妻子，不幸的王后，再会。
英国的劫难将使我在法国开心展眉。（意欲离开）

伊丽莎白王后　啊，你这骂人老练的人哪，等一下，
教我如何骂我的敌人吧！

玛格丽特王后　黑夜莫入睡，白天勿进食，
比较一下死者的幸福和生者的忧伤，
把你的娇儿想象得比以前更加可爱，
把戕害他们的人想象得更加可憎。
夸大丧子之痛，能使作恶者更显恶毒。
考虑到这一些，会教你如何咒骂。

伊丽莎白王后　我言语迟钝。啊，教我如何恶口伤人！

玛格丽特王后　你的伤恸会使你话语尖刻，像我一样入骨三分。

玛格丽特下

约克公爵夫人　为何苦难会喋喋不休？

伊丽莎白王后　说出的悲怆，如风过无痕，
如虚假的承诺，让人空乐一场，
如苦难的申诉者，声哽气咽，言义微茫！
把话都说出来吧；虽然话语说出，
于事无补，但能抚慰心灵的痛楚。

约克公爵夫人　果真如此，那就无须缄口，一说为快吧，跟我来。

在一阵阵厉声咒骂中，让我们把我那该死的

儿子闷死吧，是他闷死了你的两个乖儿子。（号声起）

有吹号角的声音。要骂不停口。

理查王及众随从上

理查　　　　何人挡驾？

约克公爵夫人　啊，是那个当初生你之前就该把你拦下，

扼杀在她该死的子宫里的人，

这样才会免除你带来的所有杀戮和劫难！

伊丽莎白王后　你把你的额头藏在金冠之中了吗？

如果正义确是正义，那儿该烙上这样的画面：

应戴王冠的王子被屠杀，

以及我可怜的儿子们和兄弟们被残害。

告诉我，你这个恶奴，我的孩子们在哪里？

约克公爵夫人　你这个癞蛤蟆，癞蛤蟆，你的兄长克拉伦斯在哪里？

他的儿子小奈德·普朗塔热内又在哪里？

伊丽莎白王后　温良的里弗斯、伏根和格雷在哪里？

约克公爵夫人　善良的海司丁斯在哪里？

理查　　　　喇叭手，奏花腔！鼓手，擂警号！

莫让上天听到这些长舌妇们

对一个顺天休命的君王骂骂咧咧。敲，敲啊！

（喇叭奏花腔。警号）

少安毋躁，对朕不得无礼，

否则，朕将用战鼓和军号

淹没你们的喧嚣。

约克公爵夫人　你是我儿吗？

理查　　　　正是，感谢上帝，我是我父亲和您的儿子。

约克公爵夫人　那么，请耐心倾听我这些不耐心之语。

理查	夫人，朕的脾性有点像您， 就是不能容忍责骂之辞。
约克公爵夫人	啊，让我说！
理查	说吧，但朕不会听。
约克公爵夫人	我将柔声软语。
理查	少啰唆，好母亲，朕有急务。
约克公爵夫人	你有急务？天晓得， 我在巨恸深悲之中等你好久了。
理查	朕不是来抚慰您了吗？
约克公爵夫人	不是的，以十字架起誓，你很清楚， 你来到世间，就是要把世间变成我的地狱。 你一出生就是我痛苦的负担： 你孩提时代就恣意顽劣， 上学时人见人怕，肆无忌惮，狂野横暴， 青年时胆大妄为，无法无天，惹是生非， 你成年之后骄横奸诈，心狠手辣， 貌更温，心更毒，外示良善，内怀仇隙， 你说说，你跟我在一起， 何时给我过慰藉？
理查	说实话，除了有一次喊您离开朕 去吃早餐，没有给您任何慰藉[1]。 如果朕在您眼中如此不堪， 那么让朕走吧，不再冒犯于您，夫人。

---

[1] 此句原文为 Faith, none, but Humphrey Hour, that called your grace to breakfast once forth of my company. 其中 Humphrey Hour 指代不明（也许 Humphrey 通 hungry，指让约克公爵夫人挨饿；抑或这是个真实的人物），且与剧情无密切关联，故此略而不译。——译者附注

擂起鼓来。（鼓声起）

约克公爵夫人	我求你，听我说。
理查	您说得太尖刻。
约克公爵夫人	再听我说一句， 因为我将再也不跟你说了。
理查	哦。
约克公爵夫人	出自上帝公正的旨意，要么你将在 这场战争中征服对手之前死去， 要么我因伤恸和老迈而身亡， 再也看不见你的脸。 因此，记下我最恶毒的诅咒吧， 在交战之日，我的诅咒要比你 全身的盔甲更令你疲惫不堪! 我通过祈祷，同你的对手联合作战， 爱德华的孩子们的幼小灵魂 也对你的敌人的守护神低声细语， 确保他们成功取胜。 你血腥嗜杀，必有血腥结局; 你生而无耻，死时必受耻辱。　　　　　下
伊丽莎白王后	虽然我有更多的理由诅咒于他， 但已无心咒骂，就对她的话说一声阿门吧。
理查	等一下，夫人，朕要跟你说句话。
伊丽莎白王后	我再也没有更多的带有王室血统的 儿子让你戕杀了;至于我的女儿们，理查， 她们将成为虔心祷告的修女，而不是以泪洗面的王后， 所以，不要再取她们的性命了。
理查	你有一个叫伊丽莎白的女儿，

贤淑美丽，高贵优雅。

伊丽莎白王后 她一定要为此丧命吗？啊，让她活下来吧，

我将腐化她的风姿，污损她的美貌，

败坏我自己的名誉，说我对爱德华不忠，

让她身背恶名；

为了让她活着，免遭血腥屠杀，

我将承认她不是爱德华的亲生女儿。

理查 不要胡说，她是出身尊贵的公主。

伊丽莎白王后 为了救她一命，我会说她不是。

理查 她唯有保持王室出身，才最为安全。

伊丽莎白王后 她的两个兄弟就因为这安全的出身而丧命。

理查 啊，那是因为他们出生背时，没有吉星高照。

伊丽莎白王后 不，那是因为他们出生后亲伦中有恶人跟他们作对。

理查 命中注定，万难幸免。

伊丽莎白王后 当恶魔掌控了命运，就是如此。

如果命运之神赐你更为善良的生命，

我的宝贝儿子们不至于死得如此之惨。

理查 听你这样说，好像是朕杀了朕的侄子们。

伊丽莎白王后 侄子？说得好！是他们的叔父骗去了

他们的幸福、王国、亲人、自由和生命。

不管是谁的手刺穿了他们幼小的心脏，

都是你在幕后指使。

毫无疑问的是，行凶的钝刀

只有在你铁石般的硬心肠上磨砺之后，

才肆意捅入我羊羔般的娇儿的肚腹之中。

若非长久的忧伤驯服了我忧伤中的狂暴，

在我的舌头对着你的耳朵说出我孩子们的名字之前，

我的指甲就已经插入你的眼珠。
而我，像一只帆索俱毁的小舟，
将于绝望的海湾万劫不复，
撞上你岩石般的心胸，粉身碎骨。

理查　　夫人，让朕在兴兵平乱
和险象环生的血战中获胜吧，
较之朕对你和你的亲人造成的伤害，
朕想对你们加倍补偿。

伊丽莎白王后　　上帝还隐藏了什么好处，
若显露出来，竟于我有利?

理查　　可以让你的孩子们步步高升，好心的夫人。

伊丽莎白王后　　步步高升到断头台，然后让他们掉脑袋?

理查　　尊贵的身份，显赫的地位，
还有世间无比的荣耀。

伊丽莎白王后　　你想以此平复我的悲哀吗?
告诉我：你会转让给我的哪个孩子
什么样的高官显爵，什么样的富贵荣华?

理查　　尽朕所有；对，朕自身以及朕的一切，
都可以给予你的一个孩子，
这样，在你愤怒心灵的忘川里，
你就可以湮灭那些你认为是
朕对你的伤害造成的悲伤记忆。

伊丽莎白王后　　少啰唆，以免你善意的表白未完，
而你表白的善意就没了。

理查　　那么朕要让你知道，朕衷心爱着你女儿。

伊丽莎白王后　　我女儿的母亲也在衷心地思考呢。

理查　　你意下如何?

伊丽莎白王后　你衷心地爱我的女儿，
　　　　　　通过这份衷心的爱，你也爱她的兄弟们，
　　　　　　因此，我要衷心地感谢你。
理查　　　　别忙，你误会了朕的意思，
　　　　　　朕的意思是朕衷心地爱你的女儿，
　　　　　　因此朕打算让她成为英格兰王后。
伊丽莎白王后　既然如此，你想让她成为谁的王后？
理查　　　　就是立她为王后的人，还能有谁？
伊丽莎白王后　什么，你？
理查　　　　正是。你意下如何？
伊丽莎白王后　你怎么会赢得她的芳心？
理查　　　　朕要请教于你，
　　　　　　毕竟知女莫如母。
伊丽莎白王后　你想请教于我？
理查　　　　夫人，朕是诚心实意的。
伊丽莎白王后　派杀了她兄弟的那个人到她那里，
　　　　　　献上两颗滴血的心，上面刻着
　　　　　　"爱德华"和"约克"，她也许会哭；
　　　　　　因此再送给她一方手帕——如同当年玛格丽特
　　　　　　把一方沾有拉特兰之血的手帕送予你父亲一般——
　　　　　　对她说，这方手帕浸染了
　　　　　　她的爱弟身上流出的鲜血，
　　　　　　让她用此揩拭她的泪眼吧。
　　　　　　如果这还不足以挑逗起她的芳心，
　　　　　　再给她一封信，说一下你的所作所为，
　　　　　　告诉她，你除掉了她的叔父克拉伦斯、
　　　　　　舅父里弗斯，对，还为了她的缘故，

　　　　　　　　还速速清理掉了她的好婶母安妮。
理查　　　你在取笑朕，夫人。这样无法赢得
　　　　　　　　你女儿的芳心。
伊丽莎白王后　没有其他的法子了，
　　　　　　　　除非你脱胎换骨，
　　　　　　　　不再是那个坏事做尽的理查了。
理查　　　就说朕做了这一切，都是为了爱她。
伊丽莎白王后　不，为了把她搞到手，不惜大开杀戒，
　　　　　　　　她除了恨你，没有其他选择。
理查　　　事已至此，现已无法挽回。
　　　　　　　　人有时处事不周，
　　　　　　　　事后不免悔恨。
　　　　　　　　如果朕确从你儿子的手中夺取了王国，
　　　　　　　　为弥补此过，朕将把它还给你女儿。
　　　　　　　　如果朕杀了你的孩子，
　　　　　　　　为使你尽快有后，朕将让你女儿
　　　　　　　　怀上有你的血统的子嗣。
　　　　　　　　在亲情之爱上，舐犊情深的外祖母
　　　　　　　　与溺爱呵护的母亲几无差别，
　　　　　　　　他们是你隔代的子女，
　　　　　　　　同样遗传了你的秉性，你的骨血，
　　　　　　　　出生时带来同样的分娩疼痛，只是忍受这一夜呻吟的
　　　　　　　　变成了你女儿，而你当初生她时，也有同样的苦楚。
　　　　　　　　你的孩子是你年轻时的苦痛，
　　　　　　　　但朕的子嗣将是你老年的慰藉。
　　　　　　　　你的损失不过是儿子未能登基，
　　　　　　　　但正是这个损失，让你的女儿成为了王后。

朕愿意补偿你的丧子之痛，但朕无法补偿。
因此，接受朕所能给予的善意吧。
你的儿子多塞特，心怀恐惧而去，
在异国的土地走路都提心吊胆，
这次美满的合卺将使他速速回归，
荣登高位，尊贵无匹。
称你美貌的女儿为妻的那个国王，
也将亲热地称你的多塞特为兄弟。
你又将成为国王的母亲，
所有伤心时代的废墟
予以修缮，将倍加富丽堂皇。
不是吗？我们福寿多多，来日方长。
你以前抛洒的泪滴，
还会再现，化为闪闪的珍珠，
以二十倍的幸福
作为他们化恨为爱的报偿。
去吧，朕的岳母，到你女儿那里去：
用你的经验让娇羞的她变得大胆，
让她的耳朵准备倾听追求者的蜜意柔情，
把荣登后位的如火壮志放入她
娇弱的心胸，让公主了解
那燕尔新婚的恬静时光。
而当朕着手惩治了那个
糊涂的小叛贼白金汉之后，
朕将戴着胜利的花冠回归，
把你的女儿引向征服者的床笫。
朕将把获胜的详情对她道来，

　　　　　　　让她成为至尊无二的、征服者的征服者。

伊丽莎白王后　让我怎么说才好呢？她父亲的弟弟

　　　　　　　要当她的夫君？或者说是她的叔父？

　　　　　　　或者说是屠杀她兄弟、叔父和舅父的凶手？

　　　　　　　我以什么名义代你向她求婚，

　　　　　　　才使小小年纪的她觉得上帝、律法、我的名誉

　　　　　　　以及她的爱情，看起来似乎都是美好的？

理查　　　就说美丽的英伦岛靠这场合婚维系和平。

伊丽莎白王后　而为此她将用无尽的个人争斗去赢取。

理查　　　告诉她君王之命不可违，现在朕却在求她。

伊丽莎白王后　但众王之王[1]却禁止她应允。[2]

理查　　　就说她将成为高贵而伟大的王后。

伊丽莎白王后　却终会交出这一称号，就像她的母亲。

理查　　　就说朕将永久宠爱于她。

伊丽莎白王后　但"永久"会持续多久呀？

理查　　　矢志不移，直到她年华已尽。

伊丽莎白王后　但她的年华何时尽？

理查　　　那要看天地造化让她延年到何时。

伊丽莎白王后　应该看地狱和理查何时催命了。

理查　　　就说朕，她的君王，却在她的面前卑身为臣。

伊丽莎白王后　但身为你臣民的她，却鄙视这样的君威。

理查　　　要口若悬河，代朕说动于她。

伊丽莎白王后　实话实说，才能打动人心。

理查　　　那就直言，说朕对她情有独钟。

1　指上帝。

2　叔父侄女联姻被教会视为不伦，因此说上帝禁止这一联姻。

伊丽莎白王后	公然谎话连篇，太过涩口难言。
理查	你言太浅陋话太冲。
伊丽莎白王后	啊，不是，我言语深沉意沉沦，
	如同我死去的娇儿，深深沉沦于他们的坟茔。
理查	不要乱弹旧调，夫人，那是过去的事了。
伊丽莎白王后	我就是要弹，直到我心弦崩断。
理查	现在，朕以圣乔治[1]、
	朕的嘉德勋章吊袜带[2]和王冠起誓——
伊丽莎白王后	你亵渎了神灵，玷污了嘉德勋章，还篡夺了王位。
理查	朕发誓——
伊丽莎白王后	空口无凭，不足为誓。
	你的圣乔治已被亵渎，尊崇的荣誉尽失；
	你的嘉德勋章已被玷污，骑士的德行亏损；
	你的王冠属篡夺而得，王者的荣耀不再。
	如果你还想凭什么东西起什么誓，
	那就凭你没有玷污过的东西起誓吧。
理查	那么，朕凭自己——
伊丽莎白王后	你早已自取其辱。
理查	那，凭世界——
伊丽莎白王后	世界已充斥着你的斑斑劣迹。
理查	凭朕父亲的死——
伊丽莎白王后	你活着，已让其蒙羞。
理查	哦，那么，凭上帝——

---

1 圣乔治（Saint George）：英格兰的守护神。

2 吊袜带是缠在腿上防止袜子脱落的带子。嘉德勋章是英国骑士勋章和英国荣誉制度中最高的
   一级。其最主要的标志是一根蓝黄相间、一般缠于左膝之下的吊袜带。

伊丽莎白王后	亵渎上帝是你最大的罪过。
	如果你敬畏上帝，不敢违背对其所发的誓言，
	我夫君所缔造的海内一统
	就不会遭你破坏，我的兄弟们也不会死去。
	如果你敬畏上帝，不敢违背对其所发的誓言，
	现在你头上套着的金冠，
	应该荣耀无比地戴在我孩子娇嫩的额上，
	两个王子本应一直在此承欢膝下[1]，
	而现在，这两个年幼的娇儿却在长眠中化为尘土，
	是你的背信弃义，让他们为蛆虫所食。
	现在，你还能凭什么起誓？
理查	凭未来为誓。
伊丽莎白王后	你早在过去就已经败坏了未来，
	我自己在过去为你所害，
	使我的未来唯有涕泪潸然；
	父亲遭你杀戮的孩子们，无人训教的年轻人，
	成年后要为此哀恸忧愤；
	孩子遭你戕害的父母，如同颓朽枯干的草木，
	在晚年要为此哀哀欲绝。
	不要指着未来的时光起誓，
	你旧恶累累，将未来侵蚀。
理查	朕既有意改过自新，
	让朕同样在诡谲凶险的战事中
	马到成功吧。如果朕未能将

1　原文 And both the princes had been breathing here 直译为"两个王子本应一直在此呼吸"。如此翻译，质直不雅，故根据王子们的年龄特征与王后爱子之情态而意译之。——译者附注

　　　　　　由衷的爱意、无瑕的虔心、圣洁的情思
　　　　　　奉献给你美艳尊贵的女儿，就让朕自行毁灭。
　　　　　　让上帝和命运剥夺朕的幸福时光！
　　　　　　让朕在白日无光，夤夜无眠。
　　　　　　让朕的王业之上
　　　　　　再无吉星高照。
　　　　　　朕和你的幸福都系于她一身，
　　　　　　没有她，死亡、孤寂、毁灭和腐朽
　　　　　　将接踵而至，降临到朕自己身上，还有你，还有她本身，
　　　　　　还有整个国土，还有许多笃信基督的人们身上。
　　　　　　除了娶她为妻，一切不能避免；
　　　　　　除了娶她为妻，一切将难以避免。
　　　　　　因此，亲爱的岳母大人——朕必须这样称呼你——
　　　　　　代朕向她求爱：
　　　　　　要说朕将来是何许人也，不要提朕的过去，
　　　　　　不要说朕现在理应如何，而要说朕将来注定会怎样。
　　　　　　强调时事之急务，
　　　　　　在大事上不要举止乖张。

伊丽莎白王后　　我就这样受魔鬼所诱吗？
理查　　　　　　对，如果魔鬼诱你为善。
伊丽莎白王后　　我就因此忘怀我自己吗？
理查　　　　　　对，如果你自己的记忆是一种伤害。
伊丽莎白王后　　但是，你的确杀了我的孩子们。
理查　　　　　　但朕会把他们葬在你女儿的子宫里，
　　　　　　　　　　他们会在那个香窝窝里再生，
　　　　　　　　　　娩出新的自己，成为你的慰藉。
伊丽莎白王后　　我要去按你的意思说动我女儿吗？

理查	促成此事，当一个快活的岳母。
伊丽莎白王后	我去了。不久给我写信，
	你会从我那里获知她的心意。
理查	把朕真诚的亲吻带给她，就这样，再会。（亲吻王后）

伊丽莎白王后下

	耳软心活的傻瓜，浅薄善变的女人！——
	怎么了，有什么消息吗？

拉克立夫上，凯茨比随上

拉克立夫	最最伟大的君王，西海岸边
	来了一支强大的舰队；在岸上
	涌来了许多靠不住的、半心半意的人，
	赤手空拳，无心抵抗。
	据推想，里士满是舰队的统帅，
	他们在此游荡，期待着白金汉的援助，
	迎接他们上岸。
理查	找一位行动敏捷之人速去诺福克公爵那里，
	拉克立夫，你自己去；或者凯茨比去。他在哪里？
凯茨比	我在这儿，我尊贵的主上。
理查	凯茨比，火速到公爵那里去。
凯茨比	好的，主上，为臣火速动身。
理查	拉克立夫，过来。速去索尔兹伯里。
	你到那里之后——（对凯茨比）不长脑子的混蛋，
	你怎么还在此磨蹭，不到公爵那里去？
凯茨比	尊贵的主上，请先把您的旨意告诉臣下，
	应该对他传达怎样的圣命？
理查	啊，对，好心的凯茨比。令他尽快
	招兵买马，多多益善，

然后即刻来索尔兹伯里见朕。

凯茨比	臣下告退。　　　　　　　　　　　　　　　　　下
拉克立夫	请主上示下，臣下去索尔兹伯里干什么？
理查	咦，朕还没去，你要去那里干什么？
拉克立夫	主上您刚才告诉臣下，要火速前往。
理查	朕改主意了。——

斯坦利勋爵上

斯坦利，你带来什么消息？

德比	没有您喜欢听的好消息，主上，
	不过也没有坏消息，还是让为臣禀报一下吧。
理查	嗨，得了，既不好，也不坏，让朕猜谜语吗？
	你可以开门见山直截了当，
	为什么要绕个大圈子？
	再问你一遍：有什么消息？
德比	里士满正乘船而来。
理查	让他船沉人亡，命丧海底吧！
	胆小怕事的叛徒，他意欲何为？
德比	臣下不知，尊贵的主上，只是猜测而已。
理查	哦，你怎么猜的？
德比	在多塞特、白金汉和毛顿的鼓动下，
	他向英格兰进发，来此争夺王位。
理查	王位空缺了吗？王者之剑无主了吗？
	国王驾崩了吗？帝统无嗣了吗？
	除了朕之外，还有哪个约克的子嗣存活于世？
	除了伟大的约克的子嗣，还有谁能为英格兰之王？
	告诉朕，他来还想干什么？
德比	除此之外，我的主上，为臣猜不出来了。

理查	除了他来成为你的主上，
	你猜不出来这个威尔士人 [1] 的来意。
	朕担心你会反叛倒戈，投奔于他。
德比	不，我尊贵的主上，不要怀疑为臣。
理查	那么你将他击退的人马在哪里？
	你的手下和喽啰们在哪里？
	他们现在不正在西海岸上
	接应叛贼们下船吗？
德比	不，我尊贵的主上，我的亲信都在北方。
理查	这些人对朕不亲不信。他们应该来西方
	勤王护驾，却在北方干什么？
德比	他们没有得到命令，伟大的君王。
	请陛下准许臣下离开，
	臣下将去集结亲信和人马，
	在陛下指定的地点和时间前来勤王伴驾。
理查	对了，但是朕信不过你，
	因为这样你就会去投靠里士满了。
德比	最最尊贵的君王，
	您没有理由怀疑臣下的忠诚。
	不管过去还是将来，臣下绝无忤逆之心。
理查	那么去吧，去集结人马，但是，把你的儿子
	乔治·斯坦利留下。你要确保绝无二心，
	否则他人头难保。
德比	随您对他怎么处置，臣下对您一片真心。 斯坦利下

---

1 里士满是威尔士人欧文·都铎（Owen Tudor）和瓦卢瓦的凯瑟琳（Katherine of Valois，亨利
  五世之孀妻）的孙子。

信差甲上

信差甲   我尊贵的君王，现在，在德文郡，
       正如我听亲友所说，
       爱德华·柯特尼和他的兄长、
       高贵的埃克塞特主教，
       伙同其党羽，兴兵作乱了。

信差乙上

信差乙   在肯特，我的君王，基尔德福特家族起兵造反了，
       每时每刻，都有追随者蜂拥而至，
       加入叛乱，他们的力量不断增强。

信差丙上

信差丙   我的主上，强大的白金汉的部队——

理查   滚开，你这猫头鹰[1]！除了报丧，没别的了吗?（打信差丙）
       先吃朕一拳，直到你带来更好的消息。

信差丙   我必须告诉陛下的消息是，
       由于天降大雨，突发洪水，
       白金汉的部队被冲散了，
       白金汉本人孤身而去，
       踪迹不明。

理查   朕求你原谅，
       拿着朕的钱袋，算是补偿那一拳吧。
       有没有明智的朋友悬赏，
       将此叛贼捉拿归案？

信差丙   已经悬赏了，我的主上。

---

1 猫头鹰被认为是不吉之鸟，其叫声预示着死亡。

信差丁上

信差丁　　报！我的君王，托马斯·洛弗尔爵士
　　　　　和多塞特侯爵大人在约克郡起兵了。
　　　　　但我还给陛下您带来一个好消息：
　　　　　布列塔尼舰队被风暴吹散了。
　　　　　里士满在多塞特郡派人乘船
　　　　　靠岸，询问岸上的人们，
　　　　　是否是他的支持者。
　　　　　答复是：他们来自白金汉那里，
　　　　　意欲加入里士满一方，但他并不信任他们，
　　　　　扬帆驶往布列塔尼去了。

理查　　　既然已经兴兵，朕就要进军，进军。
　　　　　即便不与外来敌军交战，
　　　　　也要扑灭国内的叛乱。

凯茨比上

凯茨比　　我的君王，白金汉公爵已经被擒，
　　　　　这是最好的消息。里士满伯爵
　　　　　已率重兵在米尔福德登陆，
　　　　　这是不好的消息，但不容隐瞒不报。

理查　　　向索尔兹伯里进发！我们在此交谈之时，
　　　　　夺位大战或许胜负已分。
　　　　　派人下令，将白金汉押到
　　　　　索尔兹伯里。其他人随朕出发。　　喇叭奏花腔。众人下

第五场 / 第十七景

具体地点不详，或为英格兰北部斯坦利府邸（理查派他到此地集结部队），或为他在伦敦的寓所

德比伯爵，即斯坦利，与克里斯托弗爵士上

德比　　　克里斯托弗爵士，代我向里士满致意。

　　　　　我的儿子乔治·斯坦利正被关在

　　　　　那个最凶残的野猪的圈里。

　　　　　如果我反叛，年轻的乔治就会人头落地。

　　　　　对这一点的担心，使我现下不能驰援。

　　　　　你去吧，代我问候你的主人。

　　　　　你还要说，王后已欣然同意

　　　　　让他娶她的女儿伊丽莎白为妻。

　　　　　告诉我，高贵的里士满今在何处？

克里斯托弗　在威尔士的彭布罗克[1]，或者在哈弗福德韦斯特[2]。

德比　　　有哪些显贵投奔于他？

克里斯托弗　有著名的出身行伍的沃尔特·赫伯特爵士、

　　　　　吉尔伯特·塔尔博特爵士、威廉·斯坦利爵士、

　　　　　牛津伯爵、大名鼎鼎的彭布罗克伯爵、

　　　　　詹姆斯·勃伦特爵士，

　　　　　还有率领一帮勇士的莱斯·托马斯，

　　　　　另有好多名人显贵。

1　彭布罗克（Pembroke）：威尔士西南部城镇，在米尔福德港（Milford Haven）以南。
2　哈弗福德韦斯特（Haverfordwest）：米尔福德港北部城镇。

如果途中不遇抵抗，
他们挥师直取伦敦。
德比　　好，赶紧去见你的主人吧，说我吻他的手，
我的信件会让他知道我的心思。再会。　　　同下

第 五 幕

第一场 / 第十八景

索尔兹伯里

执戟卫兵与郡长押白金汉上，准备行刑

白金汉	理查王不想让我跟他说话吗？
郡长	不想，我温良的大人，故而请少安毋躁。
白金汉	海司丁斯、爱德华的孩子们、格雷和里弗斯，
	圣明的亨利国王，以及你的爱子爱德华，
	伏根，还有一切遭暗算、遭诬陷、
	受不白之冤而殒命的人，
	如果你们凄惨的冤魂
	由云端看到目前的时刻，
	哪怕是为了报复，嘲弄我的毁灭吧！——
	今天是万灵节，伙计，是不是？
郡长	是的。
白金汉	啊，万灵节成了我的丧命日。
	爱德华国王在位时我曾发誓，若我
	对他的孩子和他妻子的亲友不忠，
	就在这样的一天一命归阴；
	我还发誓，若我最信赖的人不信任我时
	我就在这样的一天一命归阴；
	今天，这个万灵节，对我惊悚的灵魂而言，
	是我延宕不过的服罪期限。

受我亵渎的高高在上的神明，
把我半心半意的祈祷加诸我首，
让我假心假意的乞求遽尔成真。
因此，是他迫使恶人们捉刀仗剑，
调转锋尖刺向他们主人的心胸。
因此，玛格丽特的沉重诅咒已压向我的脖颈，
她说："当他用忧伤把你的心割碎，
记住玛格丽特所言非虚。"
行刑官，来把我引向耻辱的断头台，
错上加错，蒙羞受戮，我真活该。

　　　　　　　　　　　　　　白金汉与众官吏下

第二场 / 第十九景

塔姆沃思，英国中东部地区一城镇
里士满、牛津、勃伦特、赫伯特及众人敲鼓举旗上

里士满　　　战友们，饱受暴政枷锁蹂躏的
　　　　　　我的最最友爱的亲朋们，
　　　　　　我们深入内地，
　　　　　　并未遭受抵抗；
　　　　　　在此地，我们收到了我继父斯坦利的信，
　　　　　　皆为安慰鼓励之辞。
　　　　　　那个残暴血腥、谋权篡位的野猪——

　　　　　他把你们夏日的田野和硕果累累的秧藤肆意糟蹋，

　　　　　像吃猪食一样吞噬你们的热血，剖开你们的胸膛

　　　　　当作他的食槽——就我们所知，

　　　　　这头脏猪目前正在英伦岛的中央，

　　　　　离莱斯特镇¹不远。

　　　　　距塔姆沃思只有一天的行程。

　　　　　勇敢的朋友们，以上帝之名，奋勇前进吧，

　　　　　进行一场残酷血战，

　　　　　收获永久的和平。

牛津　　　抗击这个罪恶的杀人凶犯，

　　　　　每个人的良心，赛过一千名战士。

赫伯特　　我敢肯定，他的亲信一定会反戈相向，倒向我们。

勃伦特　　他没有亲信，所谓的亲信不过是由于恐惧暂时依附，

　　　　　在他的紧要关头亟须协助时肯定会一哄而散。

里士满　　一切有利于我们。那么，以上帝之名，进军。

　　　　　真正的希望猝然而至，插着燕子的翅膀；

　　　　　它能使王者成为神灵，也能使俗子为王。　　　众人下

1　莱斯特（Leicester）：莱斯特郡的主要城镇之一，在塔姆沃思以东。

第三场 / 第二十景

莱斯特以东，博斯沃思原野

理查王身着盔甲，与诺福克、拉克立夫、萨里伯爵上，兵士们为理查王搭帐篷

理查　　　　此处是博斯沃思原野，就在此扎下营帐。

　　　　　　萨里大人，你为何看起来如此忧伤？

萨里　　　　与我的脸相比，我的心是十倍的欢快。

理查　　　　诺福克大人——

诺福克　　　臣在，无上尊贵的君王。

理查　　　　诺福克，我们势必有一场大战。哈？不是吗？

诺福克　　　双方交攻，在所难免，我仁爱的主上。

理查　　　　搭起朕的帐篷！朕要在此过夜，

　　　　　　但是，明天会在何处？无甚关系，哪里都一样。

　　　　　　谁侦查过叛军的数目？

诺福克　　　至多六七千人。

理查　　　　我们的人马三倍于这个数目，

　　　　　　而且，君王的名义就是一座堡垒，

　　　　　　这是叛贼所不曾有的。

　　　　　　搭起帐篷！来，各位爱卿，

　　　　　　让我们去查看一下地形。

　　　　　　叫几个长于战略决策的人来。

　　　　　　列位大人，让我们严守军纪，

　　　　　　不得有误，因为明天战事将频。　　　　　众人下进入帐篷

里士满、威廉·勃兰顿爵士、牛津、勃伦特与多塞特及为里士满搭帐篷的众兵士上

里士满	疲惫的太阳在辉煌中落下,
	他富丽的舆车留下的明亮光辉,
	预示着明天是一个好天。
	威廉·勃兰顿爵士,你替我执掌军旗。
	把一些纸墨送入我的营帐,
	我要对我们的战斗进行规划,
	让每一个头目各负其责,
	把我们的小股兵马妥善分派。
	牛津大人,你,威廉·勃兰顿爵士,
	还有你,沃尔特·赫伯特爵士,跟我在一起。
	彭布罗克伯爵留在军中,
	勃伦特上尉,代我向他道晚安,
	在凌晨两点时,
	让伯爵来我的营帐见我。
	好上尉,还有一事请为我代劳,
	斯坦利大人驻扎在何处,你知道吗?
勃伦特	除非我错认了他的军旗——
	但我确信没有看错——
	他的人马驻扎在
	离国王的大军以南半英里处。
里士满	若能平安无虞,亲爱的勃伦特,
	请代我向他致意,
	把我写的这封急信交给他。
勃伦特	我的大人,我将舍命以往。
	愿上帝保佑您今夜安眠。 下
里士满	晚安,亲爱的勃伦特上尉。来吧,先生们,
	我们讨论一下明天的事务;

来我的帐里吧，夜露又潮又冷。（众人进帐）

理查、拉克立夫、诺福克与凯茨比及众兵士上

理查	几点了？
凯茨比	是该用晚膳的时间了，我的主上，九点了。
理查	朕今晚不想用膳。
	给朕拿来墨水和纸张。
	啊呀，朕的头盔面甲比以前松？
	朕的铠甲都放在朕的营帐里了吗？
凯茨比	好的，我的君王，一切办理停当。
理查	好心的诺福克，赶紧执勤。
	选择可靠的哨兵，小心警戒。
诺福克	我这就去，我的主上。
理查	明晨云雀一叫就起身，亲爱的诺福克。
诺福克	我向您保证，我的主上。 下
理查	拉克立夫！
拉克立夫	臣在！
理查	派一名从吏
	到斯坦利营中，令他在日出之前
	带兵来见朕，否则他的儿子乔治
	将永坠暗穴，再也见不到天日。——
	（对其他兵士）给朕倒一碗酒。给朕一支计时烛。
	给朕的萨里白马佩鞍，预备明天交战。
	看一下朕的枪矛是否停当，不要太重。 数兵士下
	拉克立夫！
拉克立夫	臣在！
理查	看到那位忧心忡忡的诺森伯兰大人了吗？
拉克立夫	萨里伯爵托马斯和他

于黄昏时分，在队伍中
逐营巡视，激励战士。（一兵士进）

理查 既然如此，朕很满意。——给朕来一碗酒。——
朕通常神采飞扬，
欢天喜地，现在全没了。——
酒放下吧。——墨水和纸张备好了吗？

拉克立夫 是的，我的主上。

理查 让朕的士兵注意警戒。去吧。
拉克立夫，在夜半时分来朕的营帐，
帮朕披挂。去吧，听见没有？ 拉克立夫及众兵士下
（理查退入其营帐，写下些许文字，然后睡去）

德比上，进入里士满的营帐

德比 愿你吉祥如意，盔缨所至，马到成功！

里士满 愿您享有黑夜所带来的
一切安适，高贵的继父！
告诉我，我高贵的母亲好吗？

德比 让我代表你的母亲祝福你，
她在不停地为里士满的成功而祈祷。
对此无须多言。安静的时光悄然而逝，
东方已破晓，黑夜将过去。
话休絮烦——因为时所不许——
准备好清早的战斗，
把你的命运交给
凶恶的战神来摆布吧。
我愿尽一己所能——我本愿公然相助却不可为——
利用一切时机为蒙蔽之能事，
在胜负难料的鏖战中援助于你。

但我不能过于公开显露我站在你的一边，

否则，一旦被发觉，你年轻的弟弟乔治

将被当着他父亲的面被处决。

再会。亲友长别离，应当

深情款款，爱语依依，

但情况危急，只得舍此礼数。

愿上帝给予我们执礼叙情的机会！

再一次道别。

勇往直前，胜利在望！

里士满　　好心的大人们，护送他回他的军团；

我要抛开这纷乱的思绪，小睡一会儿，

以免明天当我乘着胜利的翅膀飞升时，

会被铅一样的昏睡压下。

再一次祝各位大人先生晚安。　　　　众人下。里士满留场

啊，上帝呀，我是你麾下的将官，（跪地）

请对我的兵马给予惠顾，

请把愤怒的利剑交付他们手中，

让他们重击之下，捣碎我们仇敌的僭越头盔！

让我们代你行道，

在你的胜利中将你赞美！

在我合眼入睡之前，

请让我把警醒的灵魂托付于你。

我或睡或醒，

都受到你的保佑！（睡去）

爱德华王子（亨利六世之子）鬼魂上

爱德华王子鬼魂　（对理查）愿我在明天成为你灵魂的重负！

想想吧，在蒂克斯伯里，你怎样把

风华正茂的我刺死：那么你绝望吧，去死吧！——
（对里士满）振奋吧，里士满，因为被屠杀的
王子的冤魂在为你而战。
里士满，亨利国王的子嗣在抚慰你。　　　　　下？

　　　　　　　　　　　众鬼魂分别退场或全部留场
亨利六世鬼魂上
亨利六世鬼魂　（对理查）当朕在世时，朕涂过圣油的身体
被你刺得满是窟窿；
想想伦敦塔，想想朕。绝望吧，去死吧！
亨利六世愿你绝望而死！——
（对里士满）贤德而神圣的你，成为征服者吧！
亨利曾预言过你应成为国王，
现在抚慰睡梦中的你，祝你平安无恙，大获全胜！　下？

克拉伦斯鬼魂上
克拉伦斯鬼魂　（对理查）愿我在明天成为你灵魂的重负！
我是被你的奸计所害，
被泡在酒里溺死的克拉伦斯！
在明天的交战中想想我，
你的钝剑就会跌落。绝望吧，去死吧！——
（对里士满）你这兰开斯特家族的后裔，
约克家族蒙冤的后嗣为你祈祷。
天使保佑你的部队！祝你平安无恙，大获全胜！　下？
里弗斯、格雷和伏根鬼魂上
里弗斯鬼魂　（对理查）愿我在明天成为你灵魂的重负！
我是死在庞弗里特的里弗斯。绝望吧，去死吧！
格雷鬼魂　（对理查）想想格雷，让你的灵魂绝望吧！
伏根鬼魂　（对理查）在愧疚和恐惧中想想伏根吧，

愿你的矛掉落。绝望吧，去死吧！

众鬼魂 （对里士满）醒来吧，记住我们的冤屈会聚集在理查的心间，

将会征服于他！醒来吧，祝你赢得明天的战斗！

众鬼魂下？

海司丁斯鬼魂上

海司丁斯鬼魂 （对理查）血腥的罪犯，惶愧地醒来吧，

在浴血一战中结果此生！

想想海司丁斯勋爵。绝望吧，去死吧！

（对里士满）静谧安睡的人儿，醒来吧，醒来吧！

为了美丽的英格兰，拿起武器，战斗吧，征服吧！ 下？

两个年轻王子的鬼魂上

二王子鬼魂 （对理查）梦见你在伦敦塔中扼死的两个侄子了吧，

让我们纠结在你的心中，理查，

把你摧垮，让你可耻地死去！

你的侄子们的灵魂向你诅咒。绝望吧，去死吧！ ——

（对里士满）睡吧，里士满，

在平安中熟睡，在快乐中醒来。

天使保佑你免受那野猪的侵害！

祝你福寿康宁，开辟帝王的基业，

爱德华的不幸儿子们祝你帝业永昌。 两鬼魂下？

理查之妻安妮鬼魂上

安妮鬼魂 （对理查）理查，你的妻子，你可怜的妻子安妮，

跟你在一起，不曾有过片刻的安眠，

现在要让你的睡眠充满惊扰。

在明天的作战中想想我吧，

愿你的钝剑脱手。绝望吧，去死吧！ ——

（对里士满）你这安静的人儿，安静地睡吧。

梦见成功，梦见欢乐的胜利！
你仇敌的妻子为你祈福。　　　　　　　　　　　下？

白金汉鬼魂上

白金汉鬼魂　　（对理查）我是第一个助你登基的人，
也是最后一个遭你毒手的人。
啊，在战斗中想想白金汉吧，
愿你临死之时惊恐万状，惶愧不已！
继续做梦吧，做吧，梦见喋血和死亡。
愿你颓废，愿你绝望，绝望之际，一命呜呼！
（对里士满）心有望，命先亡，我未能向你提供援助，
然而，请你振作精神，不要灰心，
因为上帝和天使站在里士满的一边，
理查狂妄至极，注定灭亡。　　　　　　　　　下？

　　　　　　若先前众鬼魂未分别退场，即在此时同下

理查自梦中惊醒

理查　　　再给朕一匹马，给朕包扎伤口！
耶稣啊，怜悯朕吧！——等一下，原来只是一场梦。
啊，怯懦的良心，你把朕折磨得好苦！
烛光幽蓝。现在还不是死寂的午夜。
恐惧的冷汗从朕颤抖的肌肤滴下。
怎么？朕害怕自己吗？此处并无他人。
理查是爱理查的，朕即是朕。
此处有杀人凶手吗？没有。有，我就是。
那么逃走吧。怎么，逃离朕自身吗？理由十足，
如若不然，朕必报复。怎么？朕要报复自己吗？
啊呀，朕爱自己。为何？难道是
朕给自己带来了什么好处？

啊，不！哎呀，朕宁愿恨自己，
因为朕为自己做过许多可恨的事！
朕是一个恶人；但朕撒谎了，朕不是恶人。
傻瓜，要说自己好话；笨蛋，不要向自己献媚。
我的良心长着一千条舌头，
每一条舌头都喋喋不休，
都在刺朕之恶。
无出其右的背信弃义，
明目张胆的冷酷嗜杀，
恶贯满盈的滔天大罪，
都会涌到公堂，高叫："他有罪！他有罪！"
朕已众叛亲离，深陷绝望；
如果朕一命呜呼，也无人怜悯。
不，既然朕自己都不怜悯自己，
怎能让别人怜悯朕呢？
朕仿佛看见所有被朕杀害的人
都来到朕的帐中，每个人都在威胁朕，
要在明天将报复加诸理查之首。

拉克立夫上

拉克立夫	主上？
理查	是谁？
拉克立夫	是我，主上，是拉克立夫。
	村里的公鸡已经啼叫过两次。
	您的亲信们已起身披挂。
理查	啊，拉克立夫，朕怕，朕怕——
拉克立夫	啊，我亲爱的主上，捕风捉影，无须害怕。
理查	朕以圣保罗起誓，今夜的鬼影

给朕的心灵带来的恐惧，
远远胜过不知天高地厚的里士满
所率领的一万兵马。
天还没亮。来，跟着朕，
去帐篷外偷听一下，
看是否有人要背叛于朕。　　　　理查与拉克立夫下

贵族们进入里士满的帐篷，落座

众贵族　　　早上好，里士满！

里士满　　　请原谅，大人们，守卫们，
　　　　　　你们抓住了一个睡懒觉的人。

众贵族　　　夜里睡得好吗？

里士满　　　各位大人，自从列位离去，
　　　　　　我已有过最甜的睡眠，而最美的梦境
　　　　　　也已进入我这嗜睡的脑中。
　　　　　　我梦见，诸多被理查杀害的冤魂
　　　　　　来我帐中高呼胜利。
　　　　　　我告诉你们，一想到这样的美梦，
　　　　　　欢乐就洋溢在我的心中。
　　　　　　现在是早上几点了，大人们？

众勋爵　　　凌晨四点了。

里士满　　　哦，到时间了，披挂起来，听从号令。——
　　　　　　（向兵士们致辞）亲爱的同胞们，我原有许多话要说，
　　　　　　但时间紧急，情势迫切，
　　　　　　不容多说。大家只需记着一点：
　　　　　　上帝与我们同在，正义的事业必胜，
　　　　　　圣徒和冤魂的祈祷，
　　　　　　像坚固的堡垒，矗立在我们面前，

除了理查之外，和我们对阵的敌手
都希望我们获胜，击败他们所追随的人。
他们追随的那个人是哪个？说实话，先生们，
此人是一个嗜血暴君，杀人魔王。
此人在血腥中夺权篡位，
为逞一己之私，不择手段，
杀掉了诸多帮过他的人；
此人是一块劣等宝石，靠篡得的
英格兰王位的衬托而身价倍增；
此人历来是上帝的敌人。
那么，如果你们跟上帝的敌人对阵，
上帝理应护佑他的兵士；
如果你们发誓推倒这个暴君，
暴君既戮，你们才会安眠；
如果你们反击国家的敌人，
国家将会补偿你们的付出和艰辛；
如果你们为保护你们的妻子而战，
你们的妻子将会欢迎你们得胜而归；
如果你们通过奋战，让孩子们免于刀兵之苦，
你们的孙辈们将会在你们老年时回馈你们。
那么，以上帝之名，为国之义，
举起战旗，挥动利剑，所向披靡。
至于我个人，大胆举兵，一旦不成，
就横尸凄冷的疆场，以赎此罪；
而若我获胜，你们每一个人无论职位如何，
都能分取胜利的殊荣。
击鼓鸣号，奋勇向前。

| | 上帝和圣乔治，保佑里士满马到成功！ | 众人下 |

理查王、拉克立夫与凯茨比同众随从及兵士上

理查 谈论里士满时，诺森伯兰说什么？

拉克立夫 说他从来就不谙用兵。

理查 他说的是实话，那么萨里怎么说？

拉克立夫 他笑着说："胜券在我们一方。"

理查 他是对的，正是如此。（时钟敲响）

敲钟报时了。给朕一本历书。

今天谁看到太阳了？

拉克立夫 我没看到，我的主上。

理查 这么说他是不想照耀了，因为根据历书，

一小时前他就该喷薄而出了。

对某人来说，今天是一个不祥之日。拉克立夫！

拉克立夫 臣在。

理查 今天看不到太阳，

阴霾重重笼罩着朕的兵马。

我宁愿地上没有这些泪水般的露珠。

今天太阳无光了吗？哦，对朕如此，

对里士满不也一样吗？

苍天对朕蹙眉惨淡，对他也阴沉忧郁。

诺福克上

诺福克 拿起武器，准备开战，我的主上。

敌人摆开战场，兵势浩荡。

理查 来，赶紧，赶紧。为朕备马。（披挂）

喊起斯坦利大人，令他带兵前来。

朕将率军到平原之上，

布置阵势如下：

朕的先头部队要一字摆开，

骑兵步卒各半，

弓箭手列阵中间；

诺福克公爵约翰和萨里伯爵托马斯，

将分别率领步卒和骑兵。

调遣得当之后，朕随大军前进，

大军两翼由精锐骑兵掩护。

如此部署，加上圣乔治保佑！

你意下如何，诺福克？

诺福克　　指挥若定，我主英明。

这是我今天早上在我的帐篷上发现的：(展示一纸条)

(读)

"杰基[1]·诺福克，作战莫勇猛，

狄克[2]是尔主，叛卖为求荣。"

理查　　　这是敌人耍的花招。

去吧，先生们，各就各位，

不要让乱七八糟的梦境扰乱心灵。

良心不过是懦夫的托词，

当初捏造该词，就是为了让强者心存敬畏。

我们的武力就是良心，我们的宝剑就是律法。

奋勇进军吧，让我们所向披靡。

如不能升入天堂，就同下地狱。——

(对军队进行演说) 除了以前所说，现已无话可言。

1　原文为 Jockey（赛马的骑师），是 John-kin（小约翰）的一种缩写形式。诺福克的名字就是
　 John。
2　原文为 Dickon，是 Dick 的爱称，指理查王。

记住你们要对付的是什么人，
是一帮流寇、恶棍和亡命徒，
布列塔尼的人渣、下流粗鄙的农夫，
他们为国家所厌弃，秽物般被呕吐至此，
铤而走险，恣意妄为。
你们在安睡，他们却来侵扰；
你们有田产，有美妻，
他们要夺取你们的田产，侮辱你们的妻子。
他们的头目是一个卑鄙之徒，
靠我们母亲[1]的资助，长住在布列塔尼。
一个窝囊废，在他的一生中，
除了没过鞋子的雪，从未感受过寒冷。
让我们再把这些流寇打回海上，
把这些无法无天的贱民赶回法国去，
这些饥饿的乞丐，了无生趣的亡命徒，
这帮身无分文的可怜鼠辈，若不能
梦想着乱中劫掠，只能自己吊死。
如果我们被征服，就让真男人征服我们，
不能让来自布列塔尼的下三烂们来征服我们，
我们的父辈们，
曾在他们的土地上将他们击败过、凌辱过，
让他们的后嗣蒙羞，这是有实录可查的。
这帮人能否享用我们的土地？玷污我们的妻子？
强暴我们女儿？（远处鼓声）
哈，朕听到了他们的鼓声。

1 指母国英格兰。

战斗吧，英格兰的绅士们！奋勇战斗吧，亲贵们！
张弓搭箭，致敌死命！
纵马驰骋，浴血冲杀！
用你们奋战后的断矛残戈，震撼苍穹！

一信差上

斯坦利大人说什么？他带兵马前来了吗？

信差	我的主上，他拒绝前来。
理查	砍掉他的儿子乔治的脑袋！
诺福克	我的主上，敌人已经越过了沼泽，
	战后再将乔治·斯坦利处死吧。
理查	一千颗雄心在我胸膛内跳荡。
	举起旗帜，向敌人发起攻击。
	喊起古老的冲锋口号，圣乔治，
	用火龙般的怒火激励我们！
	向他们进攻！我们盔缨所至，所向披靡。　　　　众人下

警号，过场交战。凯茨比上

凯茨比	救援，我的诺福克大人，快去救援！
	国王的壮举，常人所难及，
	他冒着千难万险与敌奋战，
	他的马被杀死，他徒步接战，
	在生死关头，寻找里士满。
	快去救援吧，仁慈的大人，否则大势去矣！

警号。理查上

理查	马！马！我的王位换一匹马！
凯茨比	稍事撤退，我的主上。我给您找一匹马。
理查	奴才，朕忍受着死亡的威胁，
	已舍命一搏。

    朕认为战场上有六个里士满，

    朕今天杀了五个，都不是他。

    马！马！我的王位换一匹马！   同下

警号。理查和里士满上，两人相斗，理查被杀。收兵号，喇叭奏花腔。

里士满上，德比捧王冠与其他贵族同上

里士满   赞美上帝，赞美各位的勇猛，得胜的朋友们！

    我们大获全胜，这条恶狗死了。

德比   英勇的里士满，你举止不凡。

    啊，这是被篡夺已久的王冠，

    我已从横死的暴君头颅上摘下，

    现敬献于你，

    戴上它，登基称王吧。

里士满   万能的上帝呀，对大家说"阿门"吧！

    告诉我，年轻的乔治·斯坦利还活着吗？

德比   是的，我的大人，在莱斯特镇，安然无恙。

    如果您愿意，我们可以去那里休息一下。

里士满   双方的阵亡者中，有哪些要人？

德比   有诺福克公爵约翰、沃尔特·浮列斯爵士、

    罗伯特·勃莱肯伯雷爵士，还有威廉·勃兰顿爵士。

里士满   依照他们的爵位将其安葬了吧；

    对跑来归顺我方的兵士

    要宣布大赦。

    然后，按照我发的誓约，

    我们要将红、白两色玫瑰结为一体[1]。

1 即通过娶爱德华四世之女伊丽莎白为妻，将兰开斯特家族（其标志为红玫瑰）和约克家族（其标志为白玫瑰）联合。

请上天对着这桩美满姻缘展颜欢笑吧，
你对两个家族的仇怨已经蹙眉很久了！
哪个叛贼听了我的话不说一声"阿门"？
英格兰癫狂已久，自我戕害；
兄弟盲目喋血，
父亲莽撞杀子，
亲子被迫弑父，
所有这些分裂了约克和兰开斯特家族，
令其分崩离析，灾难深重。
啊，现在让里士满和伊丽莎白，
这两大王室家族的真正后裔，
按上帝的旨意结合在一起。
让你们的后嗣——上帝呀，如果你愿意如此——
让世世代代永享太平，
万民和乐，富足繁荣！
若有叛贼重新掀起血雨腥风，
让可怜的英格兰在血海中哭泣，
仁慈的主啊，请弄钝他们的剑锋；
若叛贼败坏美丽国土的和平，
就让其死去，不得享受安宁。
内乱现已平复，和平再度降临；
谨愿承平日久，上帝保佑，阿门！　　　　　众人下

四开本较对开本多出的段落

上接第四幕第二场120页"请您对我的要求给予答复吧。":

白金汉　我的主上！

理查　朕当时在场，预言家为何没有告诉朕，

让朕杀掉他呢？

白金汉　我的主上，您答应给臣的伯爵采邑，——

理查　里士满！当朕上次在埃克塞特时，

市长盛邀朕游览该城堡，

称之曰卢治蒙[1]。一闻此名，朕蹙然心惊，

因为一位爱尔兰预言家曾告诉过朕，

见到里士满后，朕命不久长。

白金汉　我的主上！

理查　啊，几点了？

白金汉　恕臣大胆，提醒陛下

考虑一下给臣的许诺。

理查　哦，几点了？

白金汉　敲十点了。

理查　哦，敲吧。

白金汉　陛下何出此言？

理查　因为你就像钟上的那个小人儿，

不住地用你的唠叨打断朕的冥思。

朕今天没有赏你的心情。

1　原文为 Rougemont，与 Richmond（里士满）音近。——译者附注

上接第五幕第三场 159 页"是谁？"：

理查　　　啊，拉克立夫，朕做了一个可怕的梦！

　　　　　　你认为，朕的亲信是否可亲可信？

拉克立夫　这是无疑的，我的主上。